Gerhard Hagedorn

Herr Gesang und der alte Turm

Fünfzig Texte aus vierzig Jahren

Bibliografische Information der Deutschen
Nationalbibliothek: Die Deutsche Nationalbibliothek
verzeichnet diese Publikation in der Deutschen
Nationalbibliografie; detaillierte bibliografische Daten sind
im Internet über http://dnb.dnb.de abrufbar.

© 2018 Gerhard Hagedorn
Umschlagfoto: Gerhard Hagedorn
Herstellung und Verlag: BoD – Books on Demand,
Norderstedt
ISBN: 978-3-7528-1596-2

Als Gott die Dichter schuf

Als Gott die Dichterinnen und Dichter schuf, verteilte er alle Dichtungsgaben verschwenderisch an die vortretenden Kandidaten. Allen wurde eine reiche poetische Ader und ein unverwechselbarer Ton zugeteilt. Aber zuletzt kam auch ich an die Reihe, und da zeigte es sich, dass alle Gaben vergeben waren.

„Ach", sprach Gott großzügig, „du hast zehn Finger, das genügt. Mach was daraus."

Die Antwort

Nach meiner Geburt brauchte ich ein paar Tage, um mich zurechtzufinden. Bis dahin war mir alles sonnenklar gewesen. Nun tauchten auf einmal Leute außerhalb von mir auf, was meine Theorie von der Einheit allen Seins auf eine harte Probe stellte. Ich durchdachte die Situation und tauschte mich auf dem Spielplatz mit meinesgleichen aus. Dort vertrat man die Ansicht, dass die Erwachsenen nicht wirklich existierten, sondern nur wie geträumt seien. Einige Tage lang wog ich das Für und Wider dieser Hypothese ab und beschloss dann, der Wahrheit auf empirischem Wege näherzukommen. Bei nächster Gelegenheit sprach ich die Person an, die sich über mich beugte.

„Sag mir doch bitte, ob du eine wirkliche Existenz außerhalb von mir hast und wer dich erschaffen hat – denn ich war es nachweislich nicht."

„Ei teiteitei, du Düßer, blblblblblbl, Schnuckelchen, eieieieiei, ist er nicht putzig", so lallte die Person, entweder schwachsinnig oder betrunken. Als ernstzunehmendes Gegenüber schied sie definitiv aus.

Die Konsequenzen aus diesem Experiment waren eindeutig. Die anderen Personen mussten eine Illusion sein, ich war allein auf der Welt. Beziehungsweise ich *war* die Welt. Alles wahrhaft Seiende war in mir.

Nun gut, das hatten die Mystiker aller Zeiten schon immer gesagt. Es konnte mich nicht wirklich überraschen. Aber es wäre doch zu schön gewesen, da draußen *jemanden* vorzufinden, nicht wahr?

Nun, ich wusste mir zu helfen. Nach und nach erfand ich die Welt. Will sagen, ich setzte verschiedene Stimmen aus mir heraus, tat so, als seien sie von mir unabhängig, stattete sie mit Körpern aus, gab ihnen Beschäftigungen wie etwa Algebra, Latein, PC-Spiele, Geschirrspülen, ließ sie sportiv auf Waldwegen joggen und Fußball gegeneinander spielen. Und ich tat so, als lernte ich von ihnen das Erwachsenwerden.

Gott, was waren diese Leute beschränkt und von sich selbst eingenommen. Aber ich hatte sie ja so geschaffen. Meine Fragen nach dem Urgrund allen Seins blieben derweil unbeantwortet. Deswegen musste ich die Schöpfung mit sogenannten höheren himmlischen Wesen fortsetzen, denen ich meine Fragen vorlegen konnte. Aber ein rechter Dialog wollte sich auch hier nicht entspinnen.

„Wir sind Du! Du bist Ich! Alles ist Eins! Du bist Das! Dies ist Es! Du bist Alles!", schrien die Göttlichen in markanten Dreiwortsätzen durcheinander.

Da war ich also auch nicht klüger als zuvor und erinnerte mich an die Spielplatzbekanntschaft aus Babyzeiten. Als ich bei ihr klingelte, öffnete mir eine wunderschöne Frau die Tür.

„Endlich kommst du!", rief sie, küsste mich stürmisch und zog mich in die Wohnung.

Ein gutes Jahr später hörte ich mich in grenzenloser Verzückung lallen:

„Ei teiteitei, du Düßer, blblblblblbl, Schnuckelchen, eieieieiei, ist er nicht putzig!"

Und ich wusste: Das war die Antwort.

Die Welt

Ich kam zur Welt wie die Jungfrau zum Kind. Auf einmal war sie da, ich meine: Die Welt, sie war da, und ich konnte zusehen, wie ich mit ihr fertig wurde. Zuerst war sie völlig durcheinander, geradezu verwirrt, scheu und kopflos und sehr verschlossen. Zeitweilig gebärdete sie sich fast wie eine Irre. Während solcher Verwirrungszustände war sie auch keineswegs ungefährlich. Das war natürlich keine leichte Zeit für mich, und manches Mal war ich nahe daran, aufzugeben und sie zurückzuweisen. Ich wusste aber dann nicht wie und behielt sie noch einen Tag bei mir und noch einen und noch einen. Nun sind wir schon viele Jahre zusammen. Langsam haben wir uns aneinander gewöhnt und Vertrauen zueinander gefasst. Bisweilen kommt sie des Abends gar zu mir, etwas verlegen, ich solle sie ein bisschen umarmen. Das sind dann die kleinen Freuden des Alltags, die alle Mühen der vergangenen Jahre vergessen machen.

Was soll ich sagen: Ich nehme an, dass es der Jungfrau mit ihrem Kind nicht viel anders ergangen sein wird.

Geschichte

Eine Frau klingelt an der Tür eines Mannes. Als er ihr öffnet, sagt sie zu ihm: Fick mich. Der Mann sagt: Nein, denn ich tapeziere gerade den Flur.

Sie klingelt bei einem anderen Mann und sagt ihm, als er öffnet: Fick mich. Er aber sagt: Ich würde gerne, aber ich habe gerade Besuch.

Da klingelt sie bei einem Dritten und als dieser ihr öffnet, sagt sie auch ihm: Fick mich. Er aber nimmt sie mit in seine Wohnung und fickt sie von vorn und von hinten und von oben und von unten. Sie leben hinfort zusammen, haben drei Kinder und einen Hund und leben in großer Freude.

Lebenslauf

Ohne Zweifel verdient mein Lebenslauf diese Bezeichnung, denn mein Leben läuft so dahin. Es läuft mal ober-, mal unterirdisch, und ehrlich gesagt meistens unterirdisch. Ich stehe daneben und bin jedes Mal neugierig, an welcher Stelle es wieder aus dem Boden hervorsprudeln wird.

Angeblich begann mein Lebenslauf mit meiner Geburt, aber ich kann mich daran nicht erinnern. Deshalb komme ich zu der Überzeugung, dass ich bei meiner Geburt vertauscht wurde – soll heißen, dass ich nicht meiner eigenen Geburt beiwohnte, sondern irgend einer anderen. Aus angeborenem Taktgefühl schaute ich nicht so genau hin und vergaß das Gesehene umgehend wieder.

Die eigentliche Geburt meiner Person ereignete sich im vierunddreißigsten Lebensjahr, als mir ein Pferdefuhrwerk schmerzhaft über den Fuß rollte. Ich war gekränkt und beschloss, nicht mehr zu sein, vermochte diesen Entschluss aber nicht in die Tat umzusetzen. Da fiel mir auf, dass ich existierte und nicht so einfach nicht existieren konnte. Dies sei also das Leben, sagte ich mir und merkte es mir.

An Ereignissen war mein Leben überaus reich. Zahllose Male spülte ich meine Tasse und mein Frühstücksbrett. Ich lernte die schwache, die starke und die doppelte Deklination. Zeitlebens verspürte ich eine starke Inklination zum schwachen Geschlecht.

Welches aber das schwache sei, ob das männliche, das weibliche oder das neutrale, vermochte ich nie zu entscheiden, deshalb liebte ich sie vorsichtshalber alle.

Mit Krankheiten gab ich mich nie ab, dazu war mir die Zeit zu schade. Ich schrieb unter fremdem Namen die *Kritik der unreinen Dialektik*. Das Buch erregte beträchtliches Aufsehen und öffentliches Ärgernis. Viele Leserinnen und Leser, insbesondere aus dem asiatischen Raum, bezeichneten es als unles- wie auch als unhörbar und überdies als schlecht schmeckend. Da aber niemand mich der Autorschaft bezichtigen konnte, schob ich unter einem anderen Pseudonym gleich noch den zweiten Band hinterher: *Winnetous Nichten*. Damit vermochte ich die Kritiker wieder zu besänftigen. Man attestierte mir vollkommen zu Recht die Milde des gereiften Alters.

Schließlich kam ich in den Himmel, was natürlich nur so eine Redensart ist. Die Wahrheit ist, dass ich in ein Internetforum kam, wo ich mit meinen Geschichten manches Stirnrunzeln hervorrief.

Da ich, wie gesagt, vertauscht worden bin, ist dies nur mein uneigentlicher Lebenslauf. Mein wahres Ich ist mir gänzlich unbekannt. Ob ich ihm in diesem Leben noch einmal begegnen werde?

Typologie

Zunächst wäre da der Lufttyp zu nennen. Das sind Menschen, die etwas Leichtes, Luftiges an sich haben – wie schon der Name sagt.

Weiterhin unterscheiden wir den Feuertyp. Dieser hat etwas Hitziges und Feuriges in seinem Wesen, namentlich in seinem Blick. Er ist deutlich unsteter als der Lufttyp.

Wieder andere Menschen zählen zum Wassertyp. Für sie ist etwas Schweres, aber dabei Flüssiges charakteristisch. Nie würde ein Wassertyp frontal gegen ein unliebsames Hindernis angehen. Stattdessen umfließt er es unauffällig und sammelt sich dahinter wieder, um seinen Weg fortzusetzen. Hierin ähnelt er übrigens dem Lufttyp. Bisweilen trifft man auch Wassertypen, die rauschen gerne beleidigt davon, als würden sie gerade durch die Toilette gespült.

Schließlich kennen wir noch den Erdtyp. Dieser ist behäbiger als der Wassertyp und vor allem fester. Er hat etwas Grundsolides und spielt daher nur selten eine Rolle. Eigentlich spielt er überhaupt keine Rolle.

Außerdem gibt es noch einige Menschen, die sind einfach nur Arschlöcher.

Der Wotan

Der Mann muss sein Werkzeug aus der Tasche holen, und wenn die Tasche dabei kaputt geht, ist es auch egal. Denn wenn er sein Werkzeug in der Hand hält, kann er anfangen zu arbeiten, und – bei Wotan! – das ist es, was der Mann tun muss! Was soll ihm da das Werkzeug in der Tasche?

Das Ergebnis der Arbeit kann verschieden ausfallen. Der Mann kann sich bei der Arbeit selbst erschlagen. Dann ist er tot, und es ist ganz egal, ob seine Tasche kaputt ist. Der Mann kann auch bei seiner Arbeit seiner zukünftigen Frau begegnen, die zu ihm kommt und ihm bei seiner Arbeit zuschaut. Wenn sie sich an seiner kaputten Tasche stört und ihn deswegen nicht nimmt, braucht er ihr nicht nachzuweinen.

Die Arbeit des Mannes kann wohl gelingen. Die Freude darüber wird ihn die kaputte Tasche ganz vergessen lassen. Denn eine wohlgetane Arbeit – bei Wotan! – das ist es, was der Mann braucht! Was denkt er da an seine zerrissene Tasche?

Die Arbeit des Mannes kann auch fehlschlagen. Dann ist er zornig und flucht und möchte sein Werkzeug am liebsten weit von sich werfen. Bisweilen tut er es auch, dann braucht er auch seine Tasche nicht mehr. Meistens schultert er aber sein Werkzeug, geht in die nächste Kneipe und betrinkt sich. Wenn der Wirt von ihm das Geld verlangt, greift er in seine Tasche und findet sie zerrissen. Vielleicht findet er sein

Geld noch in einem Winkel seiner Tasche, meistens aber nicht.

Dann ist das Unglück groß. Aber er kann dem Wirt das Werkzeug, das ihm dieses Unheil gebracht hat, an den Kopf werfen. Dann ist er wieder mit sich versöhnt und kann, wenn er seinen Rausch ausgeschlafen hat, etwas Neues anfangen. Denn etwas Neues anfangen – bei Wotan! – das ist es, was der Mann tun muss!

Frühling

Vormittags im März hat die Sonne schon Kraft. Die Zeit der Schneeglöckchen ist vorüber, jetzt leuchten die Kelche der Krokusse auf der schwarzen nassen Erde. Goldgelb schimmert ihr Blütenstaub in der Sonne. Vögel hüpfen in den regenglänzenden Bäumen umher, die Luft ist erfüllt von ihrem hellen Zwitschern.

Herr Augustin öffnet die Terrassentür und tritt ins Licht. Mit geschlossenen Augen hält er sein Gesicht in die Sonne. Lange steht er unbewegt da. Endlich wendet er sich von der Sonne ab und öffnet blinzelnd die Augen. Er geht durch seinen Garten. Hier und dort verweilt er. Versonnen schaut er die Krokusse und die gelben Köpfchen der Winterlinge an. Weitere Blumen strecken ihre Triebe aus der Erde. Das Gras hat auch schon wieder grüne Spitzen bekommen. An den Zweigen der Bäume schwellen Knospen. Herr Augustin folgt den Vögeln mit den Augen. Er lächelt. Tief atmet er die kühle reine Gartenluft.

Nun tritt Herr Augustin hinter das Haus. An der Hauswand stehen in langer Reihe neben- und übereinander große Kaninchenställe mit jeweils mehreren Kaninchen darin. An einer Seite hat er eine Fläche überdacht, dort stehen Futtersäcke und Eimer mit Werkzeugen zum Ausmisten. Und eine Holzkiste steht dort, die nimmt Herr Augustin jetzt auf. Er öffnet einen Stall, fasst zwei Kaninchen an den Ohren und steckt sie in die Kiste. Die Tiere halten still und lassen sich leicht herausholen. Herr Augustin öffnet noch einen zweiten Stall und entnimmt ihm zwei weitere Kaninchen.

Mit der Kiste in den Händen geht Herr Augustin in eine schattige Ecke des Gartens, die hinter Büschen etwas abseits liegt. Als er näher kommt, hört er es schon, ein leises Heulen und Jaulen, das von nirgendwoher zu kommen scheint. Dann erreicht er sein Ziel. Das Heulen und Fauchen wird lauter. Er steht vor einem flachen gemauerten Brunnenschacht, der mit ein paar zusammengenagelten Brettern abgedeckt ist. Herr Augustin stellt die Kiste auf die Erde und hebt den Brunnendeckel beiseite. Als das Tageslicht in die Tiefe fällt, heult und kreischt es in voller Lautstärke herauf. Verwesungs- und Kotgestank dringt nach oben. Herr Augustin wendet sein Gesicht ab und hält den Atem an, als er die Kiste anhebt und die vier Kaninchen in den Brunnenschacht kippt. Das unterirdische Heulen geht in kurzes heiseres Knurren über. Es knackt ein wenig, als die Kaninchen zerrissen werden. Herr Augustin lauscht einen kleinen Moment dem Schmatzen und Knurren, dann schiebt er den Deckel wieder auf den Schacht.

Nun steht Herr Augustin wieder in der warmen Märzsonne. Er hat sich eine Zigarre angezündet und genießt den würzigen Tabakduft. Drosseln sammeln Zweige, Halme und anderes für ihren Nestbau. In der Ferne schlägt die Kirchturmuhr.

Der Käfig

Etwa 8000 v. Chr.

Ich wohne in einer kleinen Höhle unter einem Felsvorsprung. Hinten habe ich meinen Vorrat an Heu und getrockneten Beeren, der mich durch den Winter bringen muss. Auch meine weiteren Schätze sind dort: ein Speer, einige scharfkantige Steine, zwei harte Fuchspelze. Unser Leben besteht aus Schlafen, Nützliches sammeln, vor Gefahren fliehen, etwas bauen oder reparieren. Die Gesetze in unserem Stamm sind hart, eng und unerbittlich, fast wie ein Gefängnis. Anders könnten wir als Gruppe nicht überleben. Wir nehmen dieses Leben auf uns, weil wir keine Wahl haben. Aber wir träumen von einem Leben mit Raum, Weite und Freiheit.

21. November 1902

Um fünf Uhr dreißig klingelt der Wecker. Morgentoilette, Kaffee, ein paar Bissen im Stehen. Um sechs Uhr betrete ich mein Studierzimmer. Auf dem Schreibtisch liegen geöffnet die Bücher, mit denen ich gerade arbeite, daneben meine Notizen. Meine Gedanken sind schon beim Frühstück tief in das Thema eingetaucht, an dem ich seit Jahren forsche: die Strahlungsphänomene der Pechblende. Um acht Uhr nehme ich die Mappe mit den Unterlagen für die Universität aus dem Eckschrank. Um neun Uhr beginnt meine Vorlesung. Das Dienstmädchen hat meinen

Frack gebürstet und die Schuhe auf Hochglanz gebracht. Mit einem Kuss verabschiede ich mich von meiner Frau. Am Wochenende haben wir manchmal ein paar Stunden Zeit miteinander. Unter der Woche sind wir beide beruflich sehr eingespannt. Sie sieht blass aus. Wie ich sie liebe. Manchmal denke ich, unsere alltägliche Routine ist wie ein enger Käfig oder ein Gefängnis, in das wir uns selbst einsperren. Aber wir tun es, um daraus auszubrechen in das Reich der Wissenschaft und in eine bessere Zukunft für die Menschheit.

Im Jahr 3100 n. Chr.

Drei Jahre lang sind wir nun schon in unserer kleinen Raumkapsel unterwegs zum Sonnensystem Yolie Curie-Leison. Das Ionentriebwerk hat unser Raumschiff fast auf Lichtgeschwindigkeit beschleunigt; nun ist es abgestellt und wir spüren rein gar nichts von unserer Bewegung durch den leeren Raum. Die Stille ist eine Wohltat, aber sonst haben wir hier wenig Komfort. Mit vier Männern und vier Frauen sind wir auf engem Raum zusammengepfercht. Zwar können wir einander in der Schwerelosigkeit des Alls ausweichen; ich beispielsweise hänge meist kopfüber unter der Decke, wo mein Arbeitspult angeschraubt ist. Aber die räumliche Enge macht mich nervös. Jede unbedachte Bewegung lässt uns gegen die nächste Wand stoßen, die mit Regalen, Leitungen und Messinstrumenten vollgehängt ist. Auch unsere Zeit ist von morgens bis abends pausenlos durchstrukturiert. Die Begriffe *morgens* und *abends* schreibe ich übrigens aus purer Gewohnheit; sie haben hier oben nicht die geringste Bedeutung, genauso wenig wie der Begriff *oben.* Wir schweben in einem winzigen Käfig, fast schon einem Gefängnis, durch die tödliche Schwärze, auf der Suche nach Weite, Freiheit und einer besseren Zukunft für die Menschheit.

17. September 2016

Ich sitze in meinem Arbeitszimmer. Die Wände sind mit Regalen zugestellt, in denen sich Bücher, Papiere, Aktenordner, Kisten aneinanderreihen und übereinanderstapeln. Auch der Fußboden ist mit Büchern und Papieren bedeckt. Um mich zu bewegen, muss ich über kleine freie Inseln balancieren. Ich fühle mich wie in einem engen Käfig. Manchmal macht mich das rasend.

Den Kopf schütteln

Ich schüttele den Kopf.
Ich kann nur den Kopf schütteln
Ich kann nur noch den Kopf schütteln.
Dazu kann ich nur noch den Kopf schütteln.

Auch die Brille wird geschüttelt.
Die Zähne samt den Kronen,
ich schüttele das Keilbein samt den Nebenhöhlen.
Die Augen werden geschüttelt, dass die Lider flattern.

Vorder- und Hinterkopf werden geschüttelt.
Auch die Ohren werden heftig geschüttelt.
Maßlos geschüttelt wird das Siebbein.
Aufs Äußerste durchgeschüttelt werden Nasenbein
und Nasenhöhle.

Bis zur Orientierungslosigkeit durchgeschüttelt wird
das Gleichgewichtsorgan,
bis zur Gehirnerschütterung werden Thalamus und
Hirnventrikel geschüttelt,
bis zum Brechreiz werden Kleinhirn und Großhirn
geschüttelt,
bis zur Besinnungslosigkeit die Schläfen- und die
Stirnlappen.

Seht,
so sehr muss ich den Kopf schütteln.

Gehirnverstopfung

Mein Kopf fühlt sich heute verstopft an. Alles staut sich darin. Da gehe ich lieber mal zum Arzt.

Nicht einmal die fröhliche Arzthelferin an der Rezeption kann mich aufheitern, so schlimm steht es schon um mich.

„Jaja", ruft der Arzt gut gelaunt, „wollen wir uns die Sache doch mal ansehen!"

Er klappt meinen Kopf auf, nimmt mit einem routinierten Handgriff mein Gehirn heraus und biegt mit den beiden Daumen die Windungen etwas auseinander, um in die Furchen zu spähen. Gleich in der zweiten oder dritten Furche wird er fündig. Natürlich kennt er mich schon und weiß, in welchem Areal er bei mir suchen muss. Er nimmt die Pinzette mit der abgerundeten Spitze, sie sieht aus wie ein kleiner Entenschnabel, und zerrt geschickt einen großen Gedanken hervor.

„Der hat ja richtig Widerhaken, krallt sich ganz schön fest", staunt er. „Man muss aufpassen, dass man ihn als Ganzes herausbringt. Wenn ein Teil abreißt und drinnen stecken bleibt, ist er nur sehr mühsam zu entfernen. Dann muss man womöglich das ganze Gehirn waschen und anschließend neu formatieren. Geht natürlich auch, aber wenn man es vermeiden kann ..."

Zufrieden hält er mir mit der Schnabelpinzette meinen Gedanken vor die Nase.

„Ich würde sagen, der war definitiv eine Nummer zu groß. Der hat nicht mehr durch die Windungen gepasst. Sie wollten zu viel und zu Schweres auf einmal denken. Immer hübsch deduzieren und fraktalisieren, dann passiert das nicht! Vergnügen Sie sich mehr, genießen Sie das Leben, überlassen Sie das Denken denen, die dafür bezahlt werden."

Ich nicke. Natürlich weiß ich genau, was ich da gedacht habe, aber das behalte ich lieber für mich. „Wollen Sie ihn haben oder soll ich ihn wegwerfen?", fragt der Arzt.

„Schmeißen Sie ihn weg. Er ist mir nicht bekommen. Ich werde lieber etwas anderes denken", antworte ich.

Der Doktor öffnet die Pinzette über einem Eimer aus Edelstahl. Der Gedanke plumpst hinein.

Mein Gehirn geht wieder einwandfrei. Beschwingt verlasse ich die Praxis und zwinkere der hübschen Frau an der Rezeption verschwörerisch zu.

Der perfekte Moment

Ich saß gerade am Küchentisch, als ich von einem Moment zum anderen zu mir kam.

„Erstaunlich", murmelte ich und sah mich um.

Ich fühlte den Stuhl mit meinem Gesäß, fasste die Tischplatte an. „Verblüffend echt", dachte ich.

Draußen schien die Sonne, es war ein stiller klarer Samstagvormittag. „Einfach perfekt", sagte ich zu mir.

Mein Blick fiel auf den Wandkalender mit seiner Zahlenreihe von 1 bis 31. „Ein genialer Gag", rief ich erheitert.

Auf dem Tisch lagen entsprechend meinem Gebrauch einige Bücher, die Frühstücksutensilien und weitere Alltagsgegenstände. „Unglaublich gut gemacht und arrangiert", sprach ich voller Bewunderung.

Dann fing ich an, auf die Musik im Radio zu lauschen. Die Radiomusik erfüllte mich mit echter Ehrfurcht und Bewunderung. „Wirklich meisterhaft", nickte ich.

Alles um mich herum schien mir außerordentlich gelungen. Am allerbesten gefielen mir die Musik und das Licht da draußen. Gerade flog ein Schwarm Vögel vorbei, schwarze Silhouetten gegen das helle Himmelslicht. „Das I-Tüpfelchen der Kreativität! Selbst an solche Kleinigkeiten wie Vögel ist gedacht."

Mein Blick fiel auf meine Frau neben mir am Küchentisch. Ich fing an zu lachen. Ich lachte in einem fort und konnte gar nicht wieder aufhören zu lachen. Ich lachte noch, als es an der Wohnungstür klingelte.

Karma

Der Kunde betritt meinen Laden. Ich sehe, er ist sechsundvierzig, Steinbock, Single, introvertiert, arbeitet zu verbissen und trägt sich seit Jahren mit Umzugsplänen. Er isst zu viel Süßes und zu viel Fleisch. Er ist bei alten Menschen aufgewachsen, vermutlich bei seinen Großeltern. Seine Aura gleicht einer trüben Wolke. Er wird in Kürze einen kleineren Unfall haben. Ich sehe, er möchte eine generelle Orientierung für sein Leben bekommen, möchte einen Rat für Beruf und Wohnort und natürlich möchte er wissen, wann das Liebesglück endlich zu ihm kommt. Alle wollen das wissen.

In seiner Aura sehe ich einen Engel und außerdem die Seele eines Toten. Die Toten gehören nicht hierher. Sie zehren an der Lebensenergie ihres Trägers, wenn auch nicht ohne insgeheimes Einverständnis des Betroffenen. Auch unser Mann hier hat dieses Arrangement mit dem Verstorbenen getroffen. Ich sehe seine Angst davor, die Verantwortung für sein Leben zu übernehmen. Noch viele weitere Einzelheiten strömen auf mich ein, auch banale. Der Mann wird das Beratungspaket für 290 Euro kaufen und beim Verlassen des Ladens wird ihm der erwähnte kleine Unfall zustoßen. Ich verkneife mir ein Grinsen: Warum investiert er auch nicht ein bisschen mehr, es geht schließlich um sein Leben.

„Guten Tag", sagt der Kunde nervös und versucht

28

vergeblich, seine Unsicherheit zu überspielen. Ich heiße ihn freundlich willkommen und lächele ihn an. Er entspannt sich – sein Engel redet ihm beruhigend zu, der Tote starrt mich wütend an. Ich frage, wie ich helfen kann.

„Ja, ich weiß auch nicht so genau, eigentlich bin ich ganz zufrieden mit meinem Leben", sagt der Mann, und ich sehe, wie seine arme Seele bei dieser Lüge zusammenzuckt.

„Vielleicht darf ich Ihnen meine Angebote vorstellen, dann wird es ihnen leichter fallen, das Passende zu finden", erwidere ich freundlich. Dem Engel sage ich in Gedanken: Lass ihn ruhig etwas großzügig zu sich selbst sein, und den Toten sehe ich eindringlich an. Es ist ein Onkel des Mannes, den er zu Lebzeiten übermäßig bewundert hat. Aber das wird sich klären lassen.

„Gerne", sagt der Kunde erleichtert.

Ich breite meine Informationsblätter vor ihm aus. Darauf habe ich meine Leistungspakete mit einigen inhaltlichen Stichworten und Preisen aufgeführt.

„Ich fange mal hier oben an", erkläre ich, „als Erstes habe ich hier das Einsteigerpaket für 190 Euro. Alle Preise verstehen sich inklusive Umsatzsteuer. Das ist für den Anfang eine ganz solide Sache: Es enthält einige angenehme Begegnungen mit dem anderen Geschlecht, eine leichte Krankheit, einen erfolgreich durchgestandenen Rechtsstreit und noch eine kleine Überraschung. Mit dem Paket machen Sie nichts verkehrt, aber es ist natürlich auch begrenzt im Leistungsumfang. Wie gesagt, für Einsteiger sehr zu empfehlen."

Er nickt nachdenklich. Das reicht ihm nicht. Ich fahre fort.

„Hier hätten wir das Basis-plus-Paket für 290 Euro. Das ist schon deutlich umfangreicher." Seine Augen weiten sich, um den größeren Umfang aufzunehmen. „Es enthält bereits einige der großen Wechselfälle des Lebens. Sie werden sich nachhaltig verlieben, jemand in Ihrer Nähe wird sterben, ein beruflicher Wechsel steht ins Haus, übrigens auch eine Erbschaft ist darin enthalten, allerdings auch eine Krankheit. Und eine kleine Unannehmlichkeit wird recht bald auf Sie zukommen. Sie werden sich von jemandem trennen, der nicht zu Ihnen passt (wütend schüttelt der Onkel beide Fäuste gegen mich) und Sie werden sich alles in allem deutlich besser fühlen. Nur die Gesundheit wird beginnen, Ihnen Sorgen zu bereiten, aber ich gebe Ihnen einen Rat. Essen Sie weniger Zucker und tierisches Eiweiß, damit können Sie sich viele Scherereien ersparen."

Der Kunde fühlt sich verstanden und schaut interessiert sein zukünftiges Schicksal an. Ich sehe, dass er vierhundert Euro in seinem Portemonnaie hat. Seufzend stelle ich ihm noch kurz die restlichen drei Pakete vor: das Express-Paket (wird gerne genommen) für 390 Euro, ähnlich wie Basis-plus-Paket, aber alles innerhalb der nächsten drei Wochen; das Luxus-Paket (wenig Nachfrage, ich muss diesen Posten gelegentlich etwas nachbessern): für 490 Euro einen erheblichen Gewinn im Glücksspiel, eine Reise, mehrere Sexualpartner, relativ lang anhaltende Vitalität, gegen Ende allerdings ein jäher Absturz in Armut, Herzinfarkt, Schlaganfall oder Demenz; das All-inclusive-Paket: Preis nach Vereinbarung – ich gestehe, da kenne ich keine Skrupel und verlange mindestens das Dreifache von dem, was ein Kunde an Barem bei sich trägt. Dafür bekommt er auch eine stattliche Leistung in allen relevanten Kategorien: Liebe, Beruf, Finanzen, Gesundheit. Natürlich gehören auch zu diesem Paket Krankheit, Überschwemmungen und Todesfälle; jeder Kunde, der dieses Paket wählt, weiß, dass Licht und Schatten im Leben zusammengehören.

„Ja, ich glaube, ich habe mich entschieden", reißt der Mann mich aus meinen Gedanken, „ich nehme das Basis-plus-Paket."

Ich erkläre ihm noch mal die anstehenden Ereignisse und sehe, wie der Mann unmittelbar an Lebensfreude und Zuversicht gewinnt und sich schon vom Onkel zu lösen beginnt. 290 Euro wandern in meine Ladenkasse. Der Kunde ist jetzt entspannt und freut sich, dass er den Mut hatte, mich aufzusuchen. „Sagen Sie, wie funktioniert das eigentlich mit dem Wahrsagen?", traut er sich zu fragen und zeigt auf mein Schild an der Wand. Dort habe ich meinen Wahlspruch aufgehängt:

Was der Gerechte sagt, geschieht.

„Ach", sage ich, „geben Sie mir eine nichtkausale und nichtlineare Sprache, und ich erkläre es Ihnen gern." Und mit sanften Worten erkläre ich ihm das Unerklärbare: dass dasjenige eintritt, was ich sage, weil ich nichts als die Wahrheit sage. Er blickt mich ungläubig an.

„Wie? Alles tritt ein, nur weil Sie es sagen?"

Ich nicke demütig.

„Ja, natürlich. Aber ich sage nicht irgendetwas, sondern nur die Wahrheit."

„Sie argumentieren im Kreis", bemerkt er richtig. Mir bleibt nichts übrig, als die Handflächen nach oben zu drehen und mit den Schultern zu zucken.

Er verabschiedet sich, verlässt den Laden und tritt sogleich in einen Hundehaufen.

Drama

Ich gehe über eine kahle Ebene. Ein kalter Wind weht und mir ist kalt. Ich bin zu leicht bekleidet. Da habe ich mich wohl vertan. Ich presse die Lippen zusammen und setze einen Fuß vor den anderen.

Unruhig geht Anna in ihrer Wohnung auf und ab. Sie kann nicht mehr still sitzen. Alles ist seit über einer Stunde bereit, aber er ist nicht gekommen. Immer wieder lauscht sie nach dem Telefon und der Türklingel – vergeblich.

Wolkenfetzen jagen am Himmel dahin wie schwarze Schatten vor der Glut der untergehenden Sonne. Ich bemerke die wilde Schönheit des Abendhimmels wohl, aber für besinnliche Naturbetrachtungen ist es nicht der rechte Moment. Ich beschleunige meine Schritte nochmals.

Da – es klopft an der Tür – Anna schrickt zusammen: Ist es …? Nein, es kann nicht sein. Ihre überreizten Sinne haben ihr einen Streich gespielt. Die Stille zerrt an ihren Nerven. Sie ballt ihre Hände zu Fäusten, aber sie kann nichts tun.

Auf einmal habe ich den Eindruck, als werde ich von einer schwarzen Gestalt verfolgt. Im Gehen wende ich den Kopf und versuche, etwas zu sehen. Vielleicht habe ich mich auch getäuscht. Der Wind peitscht die kahlen Büsche. Was kann man bei diesem Licht schon erkennen? Mein Herz klopft heftig. Fast renne ich.

Anna mahlt mit den Zähnen. Sie hält die Untätigkeit nicht mehr aus. Sie geht in die Küche, schenkt sich ein randvolles Glas Wein ein und trinkt es in einem Zug aus. Ah! Endlich beginnt die Anspannung sich zu lösen. Alles ist besser als dieses Nichtstun.

Ich gehe, so schnell ich kann. Morgen werden meine Beine lahm sein, aber aufkommende Panik treibt mich vorwärts. Sagte ich morgen? Wenn es für mich noch ein Morgen gibt, schießt es mir durch den Kopf. Überall um mich herum kommen kleine Gestalten aus Löchern im Erdboden hervorgekrochen, sie stehen aufrecht und starren mich reglos an. Wenn ich einem dieser Wesen auf einige Meter nahe komme, verschwindet es blitzschnell in seinem Loch und taucht hinter mir wieder auf.

Anna hat das dritte Glas Rotwein getrunken. Und es sind große Rotweingläser, die sie auf den Tisch gestellt hat, zu ihrem Festmahl, das sie nun wohl alleine abhalten kann. Sie merkt, dass sie betrunken ist. Aber die furchtbare Anspannung in ihr hat nachgelassen. Sie schaut an sich herab, an ihrem schönen Kleid, das sie für diese Gelegenheit angezogen hat.

Die Wesen in den Erdlöchern haben Drähte flach über den Boden gespannt. Ich stolpere fortwährend, trete in Löcher, falle, verstauche mir beide Fußgelenke. Jetzt hat es sich ausgelaufen. Ich kann nur noch humpeln. Ich möchte schreien. Ich schreie.

Anna schiebt ihre Hand in den Ausschnitt ihres Kleides. Sie streichelt ihre Brüste. Das ist schön. Es macht sie ruhig und wollüstig. Eigentlich hätte eine andere Hand sie dort streicheln sollen, dort ... und dort ... und natürlich auch dort ... Anna beginnt stoßweise durch den Mund zu atmen, als ihre Finger zwischen ihre Schamlippen gleiten.

Aber es geschieht weiter nichts Bedrohliches. Die kleinen Wesen sind verschwunden und der Boden ist wieder eben. Ich muss langsam gehen, aber der Schmerz in den Fußgelenken lässt nach. Bald kann ich, wenn auch mit großer Vorsicht, wieder fast normal gehen. Konzentriert setze ich meine Schritte. Ich will leben!

Anna ist auf dem Sofa eingeschlafen. Sie lächelt. Eine Hand hat sie noch in ihrem Slip, die andere hält das leere Weinglas fest, das neben ihr auf dem Sofa liegt.

Neben mir hält ein Wagen. Meine Frau öffnet mir die Tür, ich steige ein, lasse mich auf den Beifahrersitz fallen. Ganz schön kalt heute, sage ich.

Ein Schlüssel dreht sich im Schloss. Annas Mann ist gekommen. Er sieht sie und lächelt. Behutsam küsst er Anna, nimmt ihr vorsichtig das Glas aus der Hand, setzt sich zu ihr und streichelt sanft ihre Brüste. Sie regt sich im Halbschlaf, lächelt. Nicht aufhören, murmelt sie mit geschlossenen Augen und schmiegt sich an ihn.

U-Bahn-Kontrolleure

Die U-Bahn-Kontrolleure in meiner Heimatstadt verstehen ihr Handwerk.

„Die Fahrscheine bitte!"

Ich ziehe meine Fahrkarte – neudeutsch: Ticket – aus der Geldbörse hervor und halte sie ihm hin.

„Die hat ein Eselsohr!", bemerkt er stirnrunzelnd.

„Ja", gebe ich zu, „ich war vorhin beim Abstempeln und Einstecken etwas eilig."

„Sie wissen doch, dass Sie nicht hetzen sollen. Nächstes Mal gehen Sie früher los, dann passiert das auch nicht, und außerdem haben Sie dann auch Zeit, sich die Fingernägel und die Zähne zu putzen."

„Sie haben vollkommen recht, es ist ganz unverantwortlich, wie unaufmerksam ich in letzter Zeit bin."

„Ja, Sie lassen sich gehen. Ihre Frau hat Sie verlassen. Was mich, unter uns gesagt, nicht wundert. Sie haben ihr nicht genug Nettes gesagt. Man muss seiner Frau täglich fünfmal sagen, dass man sie liebt, das ist wissenschaftlich erwiesen. Sie haben das alles in letzter Zeit schleifen lassen. Stattdessen haben Sie eben mit der Frau da drüben geflirtet."

„Jetzt ist die Ehe doch eh den Bach runter", versuche ich mich herauszureden.

„Sie sind ein Lotterbube", sagt er streng. „Beim Friseur waren Sie auch schon mindestens sieben Wochen nicht mehr und die Haare wachsen Ihnen aus den Ohren. Wie denken Sie sich das eigentlich, wie das mit Ihnen weitergehen soll? Heute laufen Sie verlottert herum, morgen verlieren Sie Ihre Arbeit und übermorgen kommen Sie auf dumme Ideen, Ladendiebstahl und so. Für Bankraub sind Sie Gott sei Dank völlig ungeeignet. Da sind Sie nicht der Typ dafür."

Ich muss ihm in allem recht geben.

„Sie essen zu viel Zucker, Kuchen und so Zeugs. Sie haben mächtig Fett angesetzt." Er kneift mich in den Oberarm. „Sie haben eine Wampe vom Bier vorm Fernseher und sind schon nach ein paar Treppenstufen außer Atem. Wenn Sie das nicht ändern, aber dalli, fallen Sie bald unserem Sozialsystem zur Last."

Ich nicke ergeben.

„Außerdem ist die Frau da drüben überhaupt nicht die Richtige für Sie. Sie wissen gar nicht, was Ihnen gut tut. Flirten Sie lieber mit der Frau da vorne, die passt viel besser zu Ihnen. Sie sind ja eigentlich kein schlechter Kerl." Er gibt mir meine Fahrkarte zurück. „Für dieses Mal will ich es bei einer Verwarnung belassen. Wenn ich Sie das nächste Mal mit einem Eselsohr in der Fahrkarte erwische, kommen Sie nicht so glimpflich davon."

Er geht weiter.

„Die Fahrscheine bitte!"

Ertappt und ein bisschen stolz blicke ich ihm hinterher. Oh ja, unsere U-Bahn-Kontrolleure verstehen ihr Handwerk!

Protokoll eines guten Wochenendes

1. Samstagvormittag in der City zwei Selbsthilfebücher gekauft, genauer gesagt zwei Exemplare des Buches *So gelingt auch Ihr Leben, Sie Versager!*, als Geschenke für zwei bevorstehende Geburtstage.

2. Weiter mit U-Bahn und Bus in das Dorf A, wo ich mit dem Dorfchor auf einer Goldenen Hochzeit singe. Unterwegs in den Geschenkbüchern das erste Kapitel: *Tun Sie endlich, was wir Ihnen sagen, Sie Niete!* gelesen. Kapitel gut. Äußerst befriedigende verhaltenspsychologische Einsichten. Singen gut. Goldene Hochzeit gut.

3. Mit Bus und U-Bahn zurück in die City und weiter nach B zum ersten Geburtstag. Während der Fahrt Fortsetzung der Lektüre mit zweitem Kapitel: *Mach hinne, du Loser!* Zweites Kapitel ebenfalls gut. Pragmatische Einsichten, bin glücklich. Erstes Geburtstagsbuch überreicht. Geburtstag gut, gut unterhalten, Essen sehr gut.

4. Mit Bus nach C zum zweiten Geburtstag. Busfahrt ruckelig, aber gut. Lektüre des Schlusskapitels: *Wir zeigen's dir, du Penner!* Kapitel außerordentlich gut. Didaktische Einsichten, fühle mich euphorisch. Exzerpieren des Kapitels auf der Rückseite des Kassenbons. Zweiter Geburtstag gut. Zweites Geburtstagsbuch verschenkt, nett unterhalten und gespielt. Essen erneut sehr gut.

5. Später mit Bus und U-Bahn nach Hause. Wäh-

rend der Fahrt Lektüre des Exzerpts. Exzerpt unlesbar, aber gut. Graphologische Einsichten. Fühle mich erhoben. Telefonischer Bericht an meine Freunde. Freunde gut.

6.   Am Sonntag in der Frühe mit dem Fahrrad in die City, wo ich mit dem Kirchenchor im Gottesdienst singe. Stimmphysiologische Einsichten. Wieder nach Hause. Fahrrad gut.

7.   Da ich das zweimal verschenkte Buch nicht selbst besitze, in einem anderen Buch *Wir erklären dir, worauf's ankommt, du Anfänger!* geblättert: *Alles Existierende ist leer; es gibt nichts, worauf wir hoffen können. Segnungen und Flüche folgen einander auf dem Fuße.* Zitat gut, fühle mich erleuchtet.

Begegnung

Mit einigen zusammengerollten Konzertplakaten und Tesafilm im Rucksack radele ich in den Stadtteil, in dem bald unser Konzert stattfinden wird.

Eine Hauptverkehrsstraße: viele Autos, in der Mitte die Straßenbahngleise. Wenig Fußgänger. Hier wohnt man nicht. Viele heruntergekommene kleine Geschäfte. Zwei Änderungsschneidereien. In einer sitzt die gesamte türkische Familie, vielleicht ist der Laden gleichzeitig ihr Wohnzimmer. Mehrere Kioske, mehrere Friseurläden. Ein Spielsalon. Autoersatzteile. Wäscherei. Bräunungsstudio. Mehrere Dönerläden und andere Restaurants, von denen auch nicht eines mich anspricht. Dazwischen immer wieder einmal größere Geschäfte mit moderner und sauberer Fassade: ein Laden mit Küchengeräten, ein großer Bäcker, eine Bank, eine Versicherung.

Ich habe mir die falsche Tageszeit ausgesucht, um meine Plakate auszuhängen. Viele Läden haben gerade ihre Mittagspause.

Ein winziger Buchladen, nicht größer als vier mal vier Meter. Er ist nicht beleuchtet. Hinter dem dunklen Ladentisch ein lesender Mann. Im Schaufenster stehen einige mir unbekannte Bücher, anscheinend antiquarisch. Drinnen Regale und Kisten mit Taschenbüchern und Heftromanen.

Ich habe wohl etwas zu lange in den Laden geschaut, denn der Mann erhebt sich, schließt die Tür auf und schaut mich fragend an. Na gut, ich versuche es. Ob ich bei ihm mein Konzertplakat aufhängen dürfe? Der Mann sieht nicht sehr zugänglich aus und ich rechne mir keine Chance aus. Aber er sagt zu meiner Überraschung sofort ja und bittet mich einzutreten. Ich gebe einige erfreute Worte von mir, die der Mann schweigend aufnimmt.

„Dort ins Schaufenster?"

„Hängen Sie es in die Ladentür, da wird es besser gesehen."

Donnerwetter. Ich mache mich mit meinem Tesafilm an die Arbeit. Schnell hängt das Plakat. Ich werfe noch einen Blick auf die Bücher an der Wand.

„Ist dies ein Antiquariat?", frage ich überflüssigerweise.

„Alles Kitsch und Schund", sagt der Mann.

„Muss manchmal auch sein", erwidere ich.

Schweigen.

„Kommen hier viele Leute vorbei? Ich kenne mich hier nicht aus, ich bin nicht aus diesem Stadtteil."

„Woher kommen Sie?"

Ich nenne ihm meinen Stadtteil.

"Da komme ich auch her. Da hatte ich auch mal einen Laden."

Schweigen.

„Heute war noch niemand hier."

Schweigen.

Er öffnet eine große Blechdose, die vor ihm auf dem Schreibtisch steht, und zeigt mir den Inhalt.

„Hier hab ich Bonbons. Hab ich heute gekauft. Für die Kinder. Wenn sie zum Martini-Singen kommen."

Schweigen. Heute ist dieser Tag der umherziehenden kleinen Räuberbanden? Das wusste ich nicht.

„Na ja, wahrscheinlich kommt sowieso keiner. Dann kann ich die Bonbons auch selbst aufessen."

Wir lachen beide.

Ich verabschiede mich.

Einige Wochen später gibt es den Laden nicht mehr.

Riesenkoffer

Seit es diese absurd großen Reisetaschen auf Nylonrollen gibt, ist für Bahnreisende das Transportieren sperriger Dinge, vor allem auch von Leichen, viel bequemer geworden. Allerdings werden diese rollenden Schränke immer wieder auch zum Schmuggel verbotener Substanzen genutzt. Es soll angeblich immer noch Verrückte geben, die für diesen Schmuggel ihre Existenz riskieren.

Der Beamte betritt den Waggon.

„Gepäckkontrolle!"

Der erste, den es trifft, zieht bereitwillig den Reißverschluss seines Riesenkoffers auf. Die Leiche eines alten Mannes mit einer tiefen Kopfwunde kommt zum Vorschein. Der Beamte wirft einen kurzen Blick hinein.

„Ihr Vater?"

„Ja, natürlich. Das ganze Leben hat er mich tyrannisiert und jetzt hab ich endlich kurzen Prozess gemacht."

Der Beamte nickt verständnisvoll.

„Darunter ist nichts versteckt?"

„Nein."

„Angenehme Weiterreise!"

Als nächstes soll das aufgeblähte Gepäck einer jüngeren Frau geprüft werden. Es zeigen sich zwei Kinderleichen.

„Haben Sie sonst noch etwas dabei?"

Mit *etwas* sind natürlich nicht die normalen Reiseutensilien gemeint.

„Nein, das ist alles."

„Gute Weiterreise."

Eine weitere Frau hat eine Männerleiche im Koffer.

„Nur aus Interesse, es geht mich ja nichts an – haben Sie ihn selbst umgebracht?"

„Na was denken Sie, das ist doch wohl Ehrensache!"

Der Beamte nickt anerkennend.

Nun kommt die Reihe an mich mit meinem alten Rucksack. Oh ja, ich weiß, solche Rucksäcke gelten schon seit jeher als subversiv. Ich muss alles auspacken, von den Resten einer Kinderleiche bis zu den schmutzigen Socken. Wenigstens bleibt der Beamte höflich.

Ein Mann. Der Beamte lässt das Gepäck öffnen. Er – und wir in der Nähe – schauen auf eine Ladung abgeschnittener blutiger Köpfe. Das haben wir alle noch nicht gesehen.

„Sind Sie Kopfjäger?", fragt der Beamte in einer Mischung aus Scherz und Klärungsversuch.

„Ich handele mit Schrumpfköpfen", antwortet der Mann sichtlich ohne Humor. Irgendetwas macht den Kontrolleur misstrauisch.

„Nehmen Sie mal ein paar Köpfe hoch."

„Wozu das denn, das macht doch eine unnötige Sauerei!", entgegnet der Mann aufbrausend.

Aber dieser Ton kommt bei dem Beamten nicht gut an. Er holt per Funk einen Kollegen herbei. Die beiden ziehen sich Schutzhandschuhe an und wühlen zwischen den Köpfen herum. Einige mit langen Haaren nehmen sie heraus, sie rollen auf den Boden des Waggons. Unter den Köpfen finden sie Plastiktüten.

„Sieh mal an, was haben wir denn da?", sagt der eine sarkastisch. Er wickelt eine Tüte auseinander, greift hinein und zieht zwei Bücher heraus. „Volltreffer", antwortet vergnügt der andere.

„Ich kann gar nicht lesen!", schreit der Mann panisch.

Der Beamte zuckt mit den Schultern.

„Sie sind verhaftet wegen Bücherbesitzes. Ihr Gepäck ist konfisziert. Kommen Sie bitte mit."

Der Mann darf seine Köpfe wieder zusammenpacken. Dann klicken die Handschellen. Unter den verächtlichen, aber auch vorsichtigen Blicken der Reisenden werden der Mann und sein Gepäck abgeführt. Niemand redet. Es ist kein Geheimnis, dass im Zug jedes gesprochene Wort aufgenommen wird. Die Reisenden schauen wieder auf ihre Bildschirme. Auch ich vertiefe mich wieder in den spannenden Spielfilm.

Zweifelhafte Geschichte

Ich ging auf der Straße, da sah ich den reichen Mann. Er fuhr oder besser ritt hoheitsvoll auf gewiss nicht weniger als zweitausend Pferdestärken, war teuer gekleidet und von schönen lachenden Menschen umgeben. Als er aber mich erblickte, war es um seine Hoheit und Huld geschehen. Er hielt, nein, ließ halten, und lief zu mir.

„Was ist, willst du mir nicht deine Bewunderung und Huldigung darbringen, wie jeder andere hier?"

„Ach", sagte ich, „du hast doch alles. Was soll dir meine kleine und unbedeutende Bewunderung, die, wenn du sie bekämst, dir ja doch nichts wert wäre?"

Finster sah er mich an.

„Du irrst sehr. Meine Reichtümer und Vorzüglichkeiten sind ein gewaltiger Tempel, aber in seiner Kuppel fehlt noch der oberste, ja, der Schlussstein, der das ganze Gewölbe zusammenhält!"

Seine Stimme war beim Reden immer schriller und gehetzter geworden, seine Hände gestikulierten fahrig und sein Körper fiel in sich zusammen. Da gab ich ihm schnell das Gewünschte. Sofort entspannte er sich und seine Gestalt erblühte wieder in praller Üppigkeit. Im Gehen bedachte er mich noch mit einem verächtlichen Blick, und die Ordnung war wieder hergestellt.

Gaby und Heinz

Das Radio läuft.

Gaby *(ruft in den Keller)*: Heinz! Heinz? Ha-Heinz! – Mein Gott, komm doch mal rauf! *(Sie erblickt Gott, der Schrei bleibt ihr in der Kehle stecken)* Ah – Gott …

Gott: Hier bin ich, meine Tochter. Du hast mich gerufen?

Heinz *(aus dem Keller)*: Ja, was ist denn?

Gaby *(stammelt)*: … mein Gott …

Gott *(nicht ohne leise Ironie)*: Naja, ich dein Gott … Ich weiß ja nicht so recht …

Gaby *(stammelt)*: … mein … Gott … ich …

Heinz *(aus dem Keller)*: Was ist denn, Gaby! Ist was? Hast du mich gerufen?

Gott *(väterlich)*: Nun, ich schlage vor, dass du dich erst einmal hinsetzt und tief durchatmest. Du bist ja ganz außer dir. So, warte, ich helfe dir.

Gaby *(panisch, eine Oktave höher)*: Rühr mich nicht an!

Heinz: Mein Gott, was ist los? Warte, ich komme!

Gott *(ruft zurück)*: Nichts ist los! Sie hat sich nur ein bisschen erschrocken, nichts Ernsthaftes.

Heinz *(taucht auf)*: Was ist hier los? Wer sind Sie? Was ist, Gaby?

Gaby *(schwach)*: Ich weiß nicht – auf einmal war er da …

Heinz *(ihn anfahrend)*: So! Wie sind Sie hier reingekommen! Was wollen Sie hier!

Gott *(milde)*: Naja – eigentlich bin ich immer hier, normalerweise sieht man mich nur nicht. Aber ihr habt mich so eindringlich gerufen – ich bin nämlich Gott – übrigens wusste ich, dass es heute bei euch geschehen würde. Die meisten Menschen rufen mich irgendwann einmal und ich zeige mich ihnen dann. Allerdings ist es den meisten hinterher irgendwie peinlich, ich weiß auch nicht. Aber setzen wir uns doch. *(Er macht den Anfang. Heinz und Gaby folgen mechanisch. Schweigen.)*

Gaby *(lacht hysterisch)*: Mein Gott, mach doch dieses Radio aus!

Das Radio verstummt schlagartig.

Heinz: Nanu, Stromausfall?

Gott *(nachsichtig)*: Ich habe es ausgeschaltet. Wie Gaby es wünschte.

(Gaby lacht hysterisch. Schweigen.)

Heinz *(mit erwachendem Interesse)*: Äh – Verzeihung – habe ich richtig verstanden – Sie sind … ?

Gott: Genau. Der bin ich. Der nämliche.

(Schweigen)

Gaby *(lacht hysterisch)*: Mein Gott, ich habe heute Vormittag im Geschäft eine Packung Nudeln zu wenig bezahlt! Aber wenn die Kassiererin auch nicht richtig zählt! Und dem Geschäft tut es schließlich nicht weh!

Gott: Aber, aber! Wer wird sich denn jetzt mit solchen Kleinigkeiten abgeben!

(Schweigen)

Heinz: Wie? Du hast im Laden Sachen gestohlen!

Gaby *(schreit)*: Ich sage doch, Kassiererin hat sie übersehen! Sie ist schuld! Und außerdem war es nur eine Packung Nudeln! Und du hattest schließlich die Idee, die Zinsen in der Steuererklärung nicht anzugeben. Ich habe ja gleich gesagt, das geht nicht gut! Mein Gott, jetzt kommt alles raus! *(Sie schluchzt.)*

Heinz: Moment mal ...

Gott *(nachsichtig)*: Rauskommen ist gut. Um genau zu sein, vor mir liegt alles so offen zutage wie in einem aufgeschlagenen Buch, wenn ihr das abgegriffene Bild entschuldigt. Allwissenheit nennt man das, glaube ich.

Heinz: Sie wissen – alles?

Gott: Alles.

Gaby *(flüstert)*: Mein Gott, er weiß alles ...

Gott *(entschuldigend)*: Quasi.

(Schweigen)

Heinz *(aufmüpfig)*: Schön, Sie haben uns also in der Hand. Und jetzt? Was schlagen Sie vor, was jetzt passieren soll? Was fordern Sie? Was wollen Sie eigentlich hier? Wollen Sie uns erpressen? Nicht mit uns! Und jetzt verschwinden Sie hier oder ich rufe die Polizei!

Gott ist verschwunden.

Gaby *(schreit hysterisch)*: Mein Gott!

Heinz *(schreit)*: Hältst du wohl den Mund! Einmal ist ja wohl genug!

(Schweigen)

Gaby: War das wirklich Gott?

Heinz: Blödsinn. So etwas gibt's doch gar nicht.

(Schweigen)

Gaby: Wenn ich das Doris erzähle ...

Heinz *(scharf)*: Untersteh dich! Das wirst du nicht tun. Die halten uns doch für verrückt! – So ein Quatsch! Sagt der doch einfach, er wäre Gott. Sag mal, hast du da im Geschäft – wirklich?

Gaby: Ach was! Wie kannst du das nur von mir denken!

Im Wilden Westen

„Sir", brummte der Storekeeper, „will meine Nase nicht in fremde Angelegenheiten stecken, aber erlaubt mir einen Tipp unter Freunden. Ihr solltet die Nuggets da nicht ganz so offenherzig jedermann herzeigen. Gibt 'ne Menge Leute in diesem Town, die euch dafür liebend gerne mit ihren Messern zwischen den Rippen kitzeln würden. Gebe euch einen guten Rat: Kommt zu mir, wenn ihr wieder einmal etwas kaufen wollt. Ich tausche euch eure Goldstücke um in anständiges gutes amerikanisches Geld, und mit dem könnt ihr euch überall blicken lassen, ohne aufzufallen. Was haltet ihr davon?"

Schweigend nahm der Rote die Streichhölzer an sich, die er verlangt und die der Inhaber ihm auf die Theke gelegt hatte. Ohne die Scheine und Münzen eines Blickes zu würdigen, die der Mann ihm als Wechselgeld dazugelegt hatte, drehte er sich um und verließ den Laden. Dem Verkäufer schoss eine jähe Röte ins Gesicht.

„Hochmut! Dafür werdet ihr büßen", zischte er und sammelte sein, denn das war es ja nun wieder, sein Geld, sammelte also sein Geld wieder ein.

Der Säulenheilige

Eines Frühlings kletterte ein Mann auf eine Säule, welche etwas entfernt von einer kleinen Ansiedlung in der Wüste stand, kam nicht wieder herunter und wurde ein Heiliger. Er stand in Tageshitze und Nachtkälte, in Sandstürmen und in der einmal im Jahr herabrauschenden Regenflut. Sein Körper wurde ein Teil der Säule, seine Kleidung zerfiel, seine Haut wurde in der Sonne schwarz.

In der ersten Zeit riefen die Männer, die ihn versorgten, ihm allerlei Ratschläge und Scherzworte zu, aber als es begann, dass man an ihm keine Regung mehr beobachten konnte, sahen die Menschen sich an und begannen probeweise, ihn zu verehren und um seine Fürsprache in den höher gelegenen Regionen zu bitten. Sie riefen mit scheu erhobener Stimme ihre Gebetsanliegen zu ihm hinauf und verharrten dann in andachtsvoller Stille, während der Heilige reglos stand, die offenen Augen ohne Blinzeln in die Ewigkeit gerichtet. Die ersten Besucher am Morgen sammelten seinen trockenen Kot auf, der als Medizin und Amulett begehrt war.

In all diesen Jahren, in denen der Heilige wie versteinert auf der Säule stand, wurde ein einziges Mal eine Bewegung an ihm beobachtet und als Wunder weitererzählt. Wie der heilige dürre Mann einmal über eine Stunde lang eine gewaltige Erektion gehabt habe. Und wie die Frau, die mit ihrem Anliegen zu ihm hinausgegangen war, dann schwanger geworden sei und einen schwarzen Knaben geboren habe. Wie die Mutter aber bald darauf gestorben sei und das Kind, vor dem alle eine Scheu empfanden, in der Wüste ausgesetzt oder von Nomaden mitgenommen worden sei. Manche Erzähler wussten noch zu ergänzen, es sei bei jener Gelegenheit ein mächtiger Strahl Spermas herabgeprasselt. Aber in all den letzten Jahren hatte der Mann so reglos dagestanden, wie es nur einer kann, dessen Geist in anderen Welten wohnt.

Es wurde auch berichtet, dass manches Mal, wenn zwei Menschen im Streit aneinander gerieten oder wenn einer im Begriff stand, ein Verbrechen zu begehen, der Heilige ihnen erschien, schweigend und streng, sodass sie erschrocken in ihrem Tun innehielten.

Dann ließ ein Fremder sich in dem Ort nieder. Er war groß, dunkel, mit schwerem, abwesendem Blick. Niemand wusste Näheres von ihm. Es schien, als streife er nachts in der Wüste umher, ab und zu sah man ihn im Morgengrauen zu seiner Hütte zurückkehren, etliche Male mit Blut bespritzt, und tagsüber war er so gut wie unsichtbar.

Am Fuß der Säule aber fand man getötete Tiere hingeworfen. Dies erschien nun den Dorfbewohnern bedenklich, weil der heilige Ort alsbald zu stinken begann und der heilige Mann in einer Wolke aus Verwesung und Fliegen stand. Andererseits fanden sie unter den Kadavern auch etliches essbares Fleisch, das sie gerne mit nach Hause nahmen. So ließen sie den Fremden gewähren, fingen aber an, ihn zu beobachten.

Mehrere Male hörte ein früher Besucher, wie der fremde Mann am Ende der Nacht seine erlegten Tiere vor die Säule warf und „Da hast du!" zwischen den Zähnen hervorzischte. Der Heilige sah derweil unbewegt in die aufgehende Sonne. Das ging so etliche Zeit unverändert, lediglich schienen die nächtlichen Streifzüge immer ausgedehnter zu werden, die erlegten Tiere immer größer und gefährlicher und der Blick des Mannes immer unzugänglicher.

Und noch einmal geschah es, dass eine Frau mit einem sehnlichen Kinderwunsch erzählte, der Heilige auf der Säule habe ihr Erfüllung gebracht. Man glaubte ihr nicht. Ihre Mutter aber beredete sie: Sie solle den Fremden anklagen, er habe sie geschwängert und ihn vor die Wahl stellen, entweder sie zur Frau zu nehmen oder vor das Dorfgericht gestellt zu werden, das ihn zum Tode verurteilen werde. Die Männer des Orts stellten also den Fremden. Er hob mit den Worten „Ah, du Schurke!" abwehrend die Hände. Sie steckten ihn in das Gefängnis.

Die junge Frau begann ihre Lüge zu bereuen. Sie konnte die Anklage nicht einfach zurückziehen, sonst wäre es ihr selbst übel ergangen. Dass der Mann, vor dessen Düsternis sie erschauerte, sie gar nicht einmal hatte ansehen wollen, kränkte sie. Andererseits musste sie sich eingestehen, dass seine Unzugänglichkeit sie zu reizen begann.

„Gefalle ich dir überhaupt nicht?", fragte sie, als sie vor ihm stand. Er blickte von weit her zu ihr empor und antwortete nicht. „Warum hast du mit mir geschlafen, wenn ich dir nicht gefalle?", fuhr sie fort. Die Augen des Fremden irrten umher. „Siehst du, ich muss dir doch ein wenig gefallen haben, nicht wahr?", schmeichelte sie ihm. Seine Augen schienen an ihrem Blick einen Moment in die Gegenwart zu kommen und blickten dann zu Boden.

„Wäre es nicht wunderschön, wenn dies", sie flüsterte nahe bei seinem Ohr und drückte seine Hand auf ihre Brust, „unser Kind wäre?"

Er erschauerte.

„Nicht wahr, wir werden mit unserem Kind sehr glücklich sein." Sein Gesicht fuhr empor, er schrie: „Du Teufel, lass mich endlich zufrieden!"

Sie sprang zurück und rief: „Ich will doch nur dein Leben retten!" Dann blickte sie zur Seite und sah vor der Wand den Heiligen, dessen Erscheinung unbewegt zu ihnen hersah. Sie schrie auf: „Vergib mir, du Heiliger, sie haben mir nicht geglaubt, dass du es warst, der mir das Kind gegeben hat!"

Der Fremde presste heraus: „Du Teufel, du Satan, du Ratte, du willst mir alles nehmen."

Die Frau schrie: „Weiche von mir, du Heiliger, ich habe gesündigt!"

Der Mann schrie: „Verpiss dich, du stinkendes Aas. Diesmal bist du zu weit gegangen!"

Vor der Hütte sahen die Männer sich an und wussten nicht, was sie von dem Geschrei zu halten hätten.
Sie stießen die Tür auf und sahen den Mann, wie er
triumphierend die leere Wand anschrie: „Jawohl, es
ist mein Kind und nicht deins!"

Als er sich zu der jungen Frau wandte, die mit ge-
weiteten Augen die Szene verfolgt hatte, war sein
Blick so frei, dass sie für einen Moment erschrak und
alles verloren glaubte. Aber dann begriff sie.

Schantall unterschätzen

Kiwis sind eine unterschätzte Frucht. Auch Wirsingkohl wird gern unterschätzt. Erheblich unterschätzt wird die Grünlilie, die bescheiden in der Ecke steht und keine Ansprüche erhebt. Stark unterschätzt wird die Kartoffel, gleichfalls signifikant unterschätzt werden Kopfsalat und Zucchini. Alles, was nicht leuchtend rot oder knallig orange daherkommt und nach Beachtung schreit, wird unablässig übersehen und unterschätzt. Jedoch auch die Möhre, in anderen Regionen Wurzel, Mohrrübe oder Prengel genannt, wird trotz ihrer kräftigen Farbe und ihrer ansprechenden Form grob unterschätzt. Unterschätzt werden Haferschleim und Herpes, Graupen und Grauer Star, Feigen und das Finanzamt. Fahrlässig unterschätzt werden Äpfel, besonders Ingrid Marie. Sträflich unterschätzt werden Barbara Ann und Kristin-Monika. Ich schließe diesen Essay mit der dringenden Warnung: Fügt all diesen Fehlern nicht den kaum wiedergutzumachenden Fehler hinzu, die Zahnseide zu unterschätzen. Und – unterschätzt Schantall nicht. Besonders die nicht!

Mein neues Leben

Neulich überkam mich der Wunsch, wieder mehr am Leben teilzunehmen. So kaufte ich mir die hiesige Stadtzeitung mit dem monatlichen Veranstaltungskalender. Aus alter Gewohnheit blätterte ich zuerst nach den Karikaturen und Cartoons – man will ja auch mal was zum Lachen haben – fand aber keine. Dann blätterte ich, wiederum aus alter Gewohnheit, nach den Bekanntschaftsannoncen – man will ja auch mal was zum Träumen haben. Die fand ich aber auch nicht. Da fiel mir auf, dass ich nicht die gewohnte Zeitschrift gekauft hatte, sondern irrtümlich eine Ausgabe der *Rossijskaja gaseta*.

Unnütze Geldausgaben ärgern mich. Aus Trotz kaufte ich mir am nächsten Tag eine russische Grammatik nebst Wörterbuch und vertiefte mich in die russische Sprache. Die Wut beflügelte mich, und nach zwei Wochen konnte ich die Artikel ganz leidlich lesen. Da war eine Stellenausschreibung: *Gutsherr gesucht*. Ich fuhr in die angegebene russische Kleinstadt hinter dem Ural, wurde am Bahnhof von einem netten Herrn abgeholt, und nach einer zweistündigen Autofahrt durch die russische Steppe waren wir beim Gut angekommen. Alle waren sehr höflich und zuvorkommend. Man zeigte mir meine zukünftigen Leibeigenen. Beim Wodka unterschrieb ich den Vertrag. Der Vorarbeiter kam herzu, ein finsterer pockennarbiger Mann, führte mich in die Kleiderkammer und wies mir Arbeitskleidung aus grobem Leinen zu. Ich verstand das nicht und wollte protestieren. Der Vorarbeiter bedeutete mir aber mit unmissverständlicher Geste, jeglicher Widerspruch sei durchaus unangebracht. Kurzum: Ich musste einsehen, dass meine Russischkenntnisse doch nicht so gut gewesen waren, wie ich gedacht hatte. Statt der Stelle eines Gutsherren bekleidete ich nun die Stelle eines Leibeigenen.

Ich fand mich in mein neues Leben hinein. Die Arbeit ist erträglich, die Behandlung leidlich, die Unterkunft warm, das Essen reichlich, der Wodka großartig. Die frische Luft bekommt meiner Gesundheit ausgezeichnet. Einmal im Monat haben wir Ausgang. Dann fahre ich in die Kleinstadt und lese am Bahnhofskiosk in irgendeiner Zeitung die Cartoons. Und in einer anderen die Bekanntschaftsanzeigen.

In der Buchhandlung

Ich betrete den Buchladen. Am Grabbeltisch lese ich in einen Krimi hinein. Nach einigen Seiten wird mir klar, dass mein eigenes Leben ein Krimi ist. Ich lege das Buch zurück.

In der Literaturabteilung schlage ich einen Roman auf. Nach wenigen Seiten schwant mir, dass ich selbst ein Roman bin. Ich stelle das Buch ins Regal zurück.

In der Abteilung Humor stöbere ich in einem Witzebuch. Schnell wird mir klar, dass ich selbst der größte Witz bin. Diese Witze können mir nicht das Wasser reichen. Das Buch wandert zurück zu seinesgleichen.

In der Abteilung Lebenshilfe blättere ich in einem Zen-, Yoga- und Meditationsbuch, bis mir klar wird: Das ganze Leben besteht aus Zen, Yoga und Meditation. Auch dieses Buch lege ich behutsam auf seinen Stapel zurück.

Dann greife ich nach einem Buch über Engel. Gebannt lese ich ein paar Seiten, bis ich die Hände sinken lasse und mich die Einsicht überfällt, dass ich selbst einer bin.

Ich verlasse den Laden ohne Buch, aber um wichtige Einsichten reicher. Und was habe ich an Geld gespart! An der nächsten Ecke spendiere ich mir eine Currywurst mit Pommes.

Auch Engel mögen Currywurst mit Pommes.

Lurchis letztes Abenteuer

Lurchi lugt aus dem Gras hervor und blickt auf die Straße.

„Hallo", rufe ich freundlich.

Lurchi wedelt mit dem Schwanz. Nein, das ist gelogen. Er rührt sich nicht. Da ich spät dran bin, verabschiede ich mich nach einigen Momenten: „Morgen komm ich hier wieder vorbei. Dann hab ich mehr Zeit für dich. Halt die Ohren steif, Alter!"

Lurchi kriecht ins Gras zurück. Ich sehe ihn grinsen, ungelogen, und verschwinde in meinem roten Anorak hinter der nächsten Biegung.

Am folgenden Morgen steht Lurchi beizeiten an der Straße und wartet. Er sieht etwas Rotes herankommen, springt in übermütiger Vorfreude auf die Straße und das Auto lässt einen schwarzgelben Fleck zurück. Schließlich komme auch ich und sehe den schwarzgelben Fleck. „Ade, mein Freund", sage ich leise zu mir selbst.

Sherlock Holmes letzter Fall

Ich klingelte, und Holmes Haushälterin führte mich in den Salon. Dort saß er am Tisch und schaute durch seine Lupe konzentriert auf etwas, was ich mit bloßem Auge zuerst gar nicht erkennen konnte. Fast schien es, als betrachte er seine eigenen Fingerspitzen, aber das mochte dann doch nicht angehen. Oder doch? Nun, ich würde es erfahren.

„Morgen, Doktor", murmelte er mit verkniffenem Gesicht, ohne seinen Blick von der Lupe abzuwenden.

Eine solche Laune war bei meinem Freund höchst ungewöhnlich. Ich prahle nicht, wenn ich sage, dass ich Sherlock Holmes seit unserer gemeinsamen Jugend kenne, aber derart angespannt und schlecht gelaunt wie heute hatte ich ihn wohl noch nie gesehen. Ich wusste, es wäre ein unverzeihlicher Fehler gewesen, ihn jetzt darauf anzusprechen, und so setzte ich mich einfach auf die Couch und beobachtete ihn aus einiger Entfernung.

Er hatte meine Anwesenheit schon wieder vergessen und fuhr fort, mit der Lupe auf etwas zwischen seinen Fingerspitzen zu starren. Ich hörte ihn Sätze und Worte vor sich hin murmeln wie: „Ich glaub es nicht." Und: „Ich bringe es nicht zusammen." „Verfluchte Katze." „Ich bin alt geworden." So ging das noch eine Weile, bis irgendwann glücklicherweise die Haushälterin mit einer Kanne Tee hereinkam und ihn resolut aus seinen Betrachtungen riss.

„Watson", sagte er, als er nach der dritten Tasse endlich seine Pfeife in Gang gebracht und mittels ihrer seinen Geist wieder einigermaßen gesammelt hatte, „Watson", sagte er – ich weiß, ich wiederhole mich, aber auch er wiederholte sich –, „Watson, Sie kommen gerade recht. Haben Sie Zeit, mich nach dem Tee auf einem Gang zu begleiten? Wir müssen einen Mord verhindern, wenn nicht gar Schlimmeres."

Ich muss gestehen, dass ich trotz meiner langjährigen Vertrautheit mit Holmes von dieser Eröffnung überrascht war. Er sah meine Verwirrung und begann mit einer Erklärung.

„Ich weiß nicht, wer der Täter ist, und ich weiß nicht, wer das Opfer sein wird. Diese verfluchte Ungewissheit! Gibt es überhaupt einen Täter? Und ein Opfer? Wie soll man es nennen, wenn ein Mord ohne Opfer und ohne Täter geschieht? Ist es das perfekte Verbrechen oder nur eine riesige Dummheit? Ich weiß nur, dass vielleicht etwas Schlimmes geschehen wird, wenn wir es nicht verhindern."

Ich begann insgeheim, mir Sorgen um meinen Freund zu machen. Hatte der letzte Fall sein Gehirn überanstrengt? Jedoch wollte ich mir nichts anmerken lassen und sagte leichthin: „Welche Indizien haben Sie denn bereits gesammelt, die in die eine oder in die andere Richtung deuten?"

„Das ist es ja gerade!", brüllte er unvermittelt los und schlug so heftig mit der Faust auf den Tisch, dass die Teelöffel auf den Untertassen klirrten. „Kein Indiz habe ich, kein einziges! Schauen Sie hier, was sehen Sie?" Mit dieser Frage griff er zur Seite, hob mit den Fingerspitzen etwas von der Tischplatte hoch und hielt es mir vor die Nase. Ich sah etwas wie ein Katzenhaar und einen grünen Fussel.

„Was soll das sein?", fragte ich.

„Ja, mein Lieber, Sie sehen alles, aber Sie bemerken nichts!", dozierte er überlegen. „Verstehen Sie denn nicht, dass dieses Haar eben gerade kein Indiz ist? Und auch aus dem Faden geht nichts hervor. Nur dank meiner langjährigen Erfahrung erkenne ich, dass es mit diesem Fussel nichts, aber auch rein gar nichts auf sich hat. Nun, was sagen Sie jetzt?" Die letzten Worte wurden fast triumphierend hervorgestoßen.

„Ja, ja", sagte ich, „der Fall ist vertrackter, als ich anfänglich dachte. Wir sollten umgehend aufbrechen, damit wir nicht zu spät kommen."

Was wir denn auch taten.

Die Ansage

„Bitte achten Sie auf den Abstand zwischen Zug und Bahnsteigkante!", ertönt es aus dem Lautsprecher der S-Bahn.

Ich betrachte den dunklen Spalt, bis die Bahn davongefahren ist und es keinen Spalt mehr gibt.

Der Engländer kann es mit „Mind the gap!" kürzer und eleganter, aber auch die Version der Deutschen Bahn spricht essenzielle Dinge an. Ohne den Spalt wären Zug und Bahnsteig miteinander verschmolzen. Der Zug könnte nicht abfahren; er wäre somit kein Zug, wie auch der Bahnsteig kein Bahnsteig wäre. Erst der Spalt macht die Dinge zu dem, was sie sein sollen.

Vor der Schöpfung war alles eine Ursuppe, und die Schöpfung bestand darin, ein Ding nach dem anderen aus dem allgemeinen Gebrodel herauszutrennen: Licht von Dunkelheit, Wasser von Land, Frau von Mann, Einatmen von Ausatmen, Zug von Bahnsteigkante.

Unsere Welt der Polarität ist von lauter solchen Spalten und Rissen durchzogen wie eine ausgetrocknete Wüste.

Überall sehen wir schlecht sitzende Nähte, klaffende Fugen, bröselnden Kitt, notdürftig Zusammengefügtes, das von zentrifugalen Kräften bald wieder auseinandergerissen wird, wie Eisschollen, die auf dem Wasser treiben. Durch die Spalte erhaschen wir flüch-

tige Blicke hinter den Vorhang, in den Maschinen-
raum, in den Einen Ozean, aus dem wir kamen. Aber
dann müssen wir doch wieder an der Oberfläche leben, auf unserer Scholle, als kleines Bruchstück der
Wirklichkeit.

Gleich kommt mein Zug, der mich von meiner
Scholle zu deiner bringen wird.

Gebenedeit sei der Spalt, dem alles entspringt!

Zimt

Zur Halbzeit im Abstiegskampf lag Hannover mit 0 : 1 zurück. Bei meiner Liebsten, die bekennender 96-Fan ist, lagen nach einem ohnehin schon aufreibenden Tag die Nerven blank.

Beherzt griff ich in das Geschehen ein und holte mir aus dem Regal ihr *Zauberbuch für Frauen*. Im Kapitel *Wie man unerwünschte Gäste ein für alle Mal vertreibt* wurde ich fündig. Ich zeichnete auf ein Stück Papier das hannoversche Tor und streute darauf reichlich Salz. Die Abwehr stand.

Nicht ganz so leicht erwies sich die Suche nach einem Zauber für das Schießen von Toren. Nach kurzem Vergleich einiger Zauberpraktiken wählte ich die Technik *Schmieren des Glücksrades*. Die nötigen Ingredienzen, Öle von Sandelholz, Myrrhe und Zimt – waren zwar nicht zur Hand, aber ich entschied eigenmächtig, dass Zimtpulver den gleichen Dienst zu leisten vermöge. Ich holte also auch den Zimt aus der Küche und bestreute auf dem Papier großzügig das gegnerische Tor damit.

Der weitere Verlauf des Spiels kann in allen bedeutenden deutschsprachigen Medien nachgelesen werden: In der 59. Minute Elfmeter durch Kiyotake, 1 : 1. Mein Herzensglück schaute mich mit ganz neuen Augen an, was mir zugegebenermaßen die Brust anschwellen ließ. Wir erneuerten noch einmal die Salzabwehr und das Zimtglück. In der 67. Minute Kopfball Sané, 2 : 1.

„Du kannst alles von mir haben", flüsterte die Liebe meines Lebens mir zwischen ihren wiederholten
Jubelschreien ins Ohr.

Ein drittes Mal verstärkten wir die Abwehr und
den Angriff. Sie schüttete den Zimt auch in unser ge-
meinsames Rotweinglas, was mich sofort davon über-
zeugte, dass sie auch einen intuitiven Zugang zur Zau-
berei hat. Es folgten noch etliche Minuten eines nunmehr ganz ansehnlichen Spiels. Meine Liebste hyper-
ventilierte einige Male bei verschiedenen Angriffsver-
suchen der Hamburger, die noch nicht wussten, dass
sie dieses Spiel bereits verloren hatten.

Das 3 : 1 blieb auf dem Spielfeld aus. Für hundert-
prozentigen Erfolg muss man wohl doch die Original-
rezepte zur Anwendung bringen. Aber mein Gold-
stück wippte ausgelassen neben mir auf dem Sofa und
fand, dass wir das dritte Tor selbst machen sollten.
Und so sorgten wir eigenhändig dafür, dass der Zauber in Erfüllung ging.

Die Prüfung

Nackt sitzt vor dem und unbeweglich starrt in den Fernsehapparat der dicke Bodhisattva. Sein fetter Nabel auf der runden Bauchspitze glotzt wie ein totes drittes Auge. Auf dem Bildschirm sieht er sich selbst, aufgenommen von einer Videokamera links neben dem Fernseher. Schaut er nach rechts auf den Bildschirm, sieht er sich von links, schaut er nach links in die Kamera, kann er nicht sehen, wie sein Abbild ihn von rechts begafft. Das macht ihn ganz fuchtig. Nur sein Nabel schaut sich ungerührt von seitwärts an.

Mit dem Rücken sitzt der Bodhisattva zu einem Spiegel. So nimmt die Kamera auch die hintere Ansicht seiner Person auf. Abwechselnd besieht er auf dem Bildschirm sein breites Antlitz mit den leicht gewendeten Augenbällen und seinen platten Hinterkopf, der seitenverkehrt kahl auf einem prallen Fettwulst thront.

An der Decke surrt der Ventilator und die Palmen wedeln leise mit ihren langen Blättern. Der Bodhisattva ächzt vor Anstrengung, als er nun seine Augen weit aus ihren Höhlen drückt und seitwärts auseinandertreibt. Mit dem linken schaut er in die Kamera, mit dem rechten in den Fernseher. Von dort quillt ihm sein weit aufgerissenes linkes Auge entgegen.

Mit einer letzten Steigerung der Qual gelingt es ihm, seinen Bauchnabel umzukrempeln wie einen Handschuh, sodass der, wenn er sehen könnte, den

Hinterkopf doppelt gewendet zum Gehirn weiterleitete.

Und für einen kleinen Moment sieht der Erleuchtete die Dreieinigkeit: die Kamera, den Fernseher und, mit der Kraft seines Geistes, durch seinen Bauchnabel hindurch richtig herum, seinen Hinterkopf. In wildem Triumph erhebt sich mächtig und blaurot sein Penis als ein allumfassendes viertes Auge zur Gesamtschau und sein Mund will sich zu einem göttlichen Jubel öffnen.

Aber schon ist etwas in ihm gerissen. Seine Augen fahren aus ihren Höhlen und drehen sich blutunterlaufen zueinander, bis sie sich gegenseitig anstarren und in seinem Kopf ein feuriges buddhistisches Rad wirbelnd explodiert. Der Nabel schnappt zurück und unter dem kühlen Sirren des Ventilators liegt der massige Körper reglos niedergestreckt.

Nur sein Penis schrumpelt noch eine Weile gemächlich zusammen. Die Videokamera leitet es zum Fernsehschirm, dieser zum Spiegel und der wieder zur Kamera.

Zu groß war die Herrlichkeit, als dass einer, und sei er auch ein angehender Buddha, sie länger als einen Augenblick hätte ertragen können.

Wer kann helfen?

Mittlerweile hat es sich schon bis ins Ausland her-
umgesprochen, dass ich ein gänzlich vertrauenswürdi-
ger Mensch bin. So erhielt ich letztens folgende E-
Mail aus Frankreich, die ich hier buchstabengetreu
wiedergebe – nur die Mailadresse behalte ich aus Da-
tenschutzgründen für mich:

Dear friend,

*I am miss joy mobutu daughter of former vice presi-
dent sierra leone. My family have nine million seven hun-
dred thousand dollars to invest, the funds are deposited
in a bank in london and i need a trusted foreigner that
will assist me invest the funds in his country. so i need
your cooperation. you can contact me via XXX with my
private email address so that i will give you the contact
of the bank in london*

miss joy mobutu

Da ich von Haus aus zur Hilfsbereitschaft gegenüber verarmten afrikanischen Prinzessinnen erzogen
worden bin, schrieb ich postwendend zurück:

Dear Miss Joy Mobuto,

*I love you and I adore your father, the great old king
of africa. Of course I will cooperate with you to investi-
gate your money. Never in my life did I do more useful
things than this. Sincerely yours, Mr. Gesang*

Am nächsten Tag schrieb Fräulein Mobutu:

My beloved friend,
i knew and I always have known that I can trust you.
also my father is very pleased that we will marry so
soon, he wants to give us as a wedding present so much
kilos of gold as your weight is. so please be so kind and
tell me your weight. a normal african man has at least
90 kg, so don't be too shy.

Und etwas später am Tage erhielt ich eine E-Mail
von ihrem Vater höchstpersönlich:

Our dearest and highly appreciated son-in-law,
Our Heavenly Majesty are very proud of you. Hanno-
ver wonderful town. Specially the Zoo with the lions, ha
ha! We want to come and see it soon. But first you mar-
ry our nasty daughter. Marriage next week in Paris. Gold
is waiting for you if you marry her. Later we go back to
Sierra Leone and you are the King.
Our Heavenly Majesty etc. Mobutu III.

Könnt Ihr Euch, liebe Leserinnen und Leser, meine
freudige Erregung bei diesen wahrhaft königlichen
Aussichten vorstellen? Gewiss freut Ihr Euch alle mit
mir, nicht wahr? Unglücklicherweise habe ich gerade
nicht das Geld für eine Fahrkarte nach Paris. Könntet
Ihr mir kurzfristig mit ein paar Euros aushelfen? Der
König wäre bestimmt sehr ärgerlich, wenn ich nicht

rechtzeitig erscheine. Ihr bekommt das Geld selbstredend zurück, sobald ich in Paris bin. Joy und ich, wir sind zutiefst dankbar und überzeugt, dass Ihr nicht unserem gemeinsamen Glück im Wege stehen wollt!

Wo mir Hilfe zuteilwird

Letztens fiel mir an meinem morgendlichen Spiegelbild eine ungesunde Gesichtsfarbe auf, man hätte sie als bleich mit einem Stich ins Grünliche beschreiben können. Das machte mich betroffen, und ich vereinbarte einige Termine bei Spezialisten in der Nähe.

Der erste Gang führte mich zum Orthopäden. Er sah mich an und sprach: „Der Fall ist klar. Durchblutungs- und Verdauungsstörungen, ausgelöst durch einen Beckenschiefstand mit daraus resultierender repressiver Skoliose, initiiert durch Ihre kaputten Knie, die Sie sich durch kompensatorische Fehlbewegungen aufgrund Ihres erworbenen Knick-, Spreiz- und Bleifußes erworben haben. Können Sie mir folgen?"

„Nein", sagte ich wahrheitsgemäß, denn im Gespräch mit Koryphäen kann ich kaum atmen, geschweige denn denken.

„Aha", sagte der Orthopäde, „sekundäre geistige Immobilität infolge somatischer Bewegungseinschränkung. Wir müssen das Übel an der Wurzel packen und das bedeutet eine Operation an Ihren Füßen, wie ich Ihnen ja bereits dargelegt habe. Natürlich gibt es keine Garantie für den Erfolg. Bitte unterschreiben Sie hier."

Der zweite vereinbarte Termin führte mich zum Osteopathen. Mich zu sehen und die Diagnose zu stellen, war ihm eins. „Sie sind total tiefenverspannt", offenbarte er mir. „Wir müssen eine Reihe von Behandlungsterminen vereinbaren. Im Rahmen meiner Maßnahmen", – bei diesen Worten lächelte er bescheiden –, „ergeben sich zwangsläufig Verschiebungen in Ihren tiefen Faszienstrukturen, die zu transitorischen Kopfschmerzen, Übelkeit und Erbrechen führen können, vergleichbar einer Entgiftungsreaktion. Wir sollten umgehend mit einer Behandlung beginnen. Bitte unterschreiben Sie dort."

Am nächsten Tag suchte ich den Orthopraktiker auf. Der schlug die Hände über dem Kopf zusammen, als er meiner ansichtig wurde. „Was haben Sie denn für eine Matratze!", rief er. „Geben Sie sie auf den Sperrmüll, Sie brauchen etwas ganz anderes. Glücklicherweise habe ich noch ein Exemplar vorrätig, die Nachfrage ist immens." Und er klärte mich über Art, Bedingungen und Bedeutung sowie auch den Preis einer gesunden Lagerung auf, verbunden mit der Bitte um eine Unterschrift zwecks unverzüglicher Auslieferung.

Die beiden letzten Termine führten mich zum Ornithologen und Orthographen. Der Ornithologe verordnete mir tägliche Hirsekolben sowie Vitamin- und Mineralpräparate. Der Orthograph bat mich um eine Shrivtprohbe nebst Unterschrift und meinte, kein Wunder, bei einer solchen hundsmiserablen Orthographie würde ihm auch ganz schlecht werden. Er würde mir einen Zweijahreskurs empfehlen.

Nun hatte ich fünf Diagnosen und fünf Behandlungspläne von fünf Spezialisten. Ratlos ging ich heim und es erwartete mich meine geliebte Olivia, die mich mit einer stürmischen Umarmung empfing und erst einmal gründlich abküsste. Ihre Behandlung war ebenso einfach wie erfolgreich und nach einigen gemeinsamen Stunden ging es mir schon bedeutend besser. Liebling, würdest du hier mal eben unterschreiben, hauchte sie zu guter Letzt, während sie zärtlich an meinem Ohrläppchen knabberte.

Im Biergarten

„Ist dir schon einmal aufgefallen", sagt M., „dass der Schlaf einen Rhythmus hat, der dem deinen genau entgegengesetzt ist? Also wenn du schläfst, ist der Schlaf wach, und wenn du wach bist, schläft der Schlaf."

„Hm", entgegne ich, „interessanter Gedanke."

„Ihr werdet euch also nie begegnen, du und dein Schlaf. Keine Chance."

„Leuchtet ein", sag ich. „Entweder ich oder mein Schlaf. Niemals beide gleichzeitig. Aber – mir kommt ein Gedanke – ich müsste doch zumindest den Schlaf eines anderen Menschen, also deinen zum Beispiel, sehen können, oder nicht?"

„Theoretisch schon", sagt M. „Leider ist der Schlaf unsichtbar. Er ist in einer geistigen Welt aktiv. Er lebt ein Gegenleben, eine Fortsetzung oder auch einen Kontrapunkt zu meinem Leben, während ich schlafe und mich von meinem Tag erhole. Aber alles in einer anderen Dimension, die dir in deinem Wachzustand nicht zugänglich ist. Dazu musst du auch erst schlafen. Also im Schlaf könnten wir uns begegnen, wie es ja bisweilen auch geschieht."

Ich bestelle mir noch ein Bier, um der Wucht der Implikationen, die auf mich einstürmen, standhalten zu können.

„Das heißt also", sage ich, „es gibt unsere gewohnte Welt, in der wir leben, und parallel dazu gibt es in irgendeiner unbekannten Dimension eine komplette Gegenwelt, in der unsere Schlaf-Ichs leben, so wie wir in unserer Wachwelt leben. Und jeder von uns wechselt täglich ein- oder mehrmals zwischen den Welten hin und her?"

„Sofern man hier von ein- und demselben Ich sprechen kann," sagt M. überlegen. „Da bin ich mir noch nicht ganz sicher. Ich glaube, die beiden Ichs, und mithin die beiden Welten, hängen schon zusammen und beziehen sich aufeinander, aber irgendwie indirekt."

Leute, die das Wort mithin benutzen, haben von jeher meine grenzenlose Bewunderung. Gerührt von der Tiefe seiner Gedanken blicke ich mich auf dem Tisch nach einer Serviette um. M. zieht ein Tempo aus seiner Tasche und bietet es mir an, das letzte in der Packung.

„Oh", sage ich, „das kann ich nicht nehmen. Stell dir vor, du sitzt gleich in deinem Auto und fährst nach Hause. Und da steht eine Frau am Straßenrand und du lässt sie einsteigen. Und wenn sie dann womöglich weint, dann musst du ihr doch ein Taschentuch anbieten können."

„Im Auto habe ich noch eine ganze Packung", sagt M.

Da habe ich sein Taschentuch angenommen.

Volkslied

Halli hallo halli hallo
Fallera fallera fallera
Valleri vallera
und juchheirassa!

Tridihejo dihejo dihedihedio tridio
Ju ja ju ja
Hallia hussassa tirallala
Lalala lala lalala
Valleri vallera valleri vallera-ha-ha-ha-ha-ha
und juchheirassa!

Sim saladim bam ba saladu saladim
Widewidewitt bum bum
jupheidi jupheida
Sss-ta-ta tirallala
Widewidewitt juchheirassa!

Nu ja ja, nu ja ja
Didl dudl dadl schrumm schrumm schrumm
Fidirallala fidirallala fidirallalalala
Und juchheirassa!
Hollahi hollaho

Fidirulla rulla rullalalala fidirullalalalalala
Faria faria faria faria faria faria ho
Lebe wohl ade!
Rulla rulla rullala

Ju ja

Die Welt ist Klang

Ich erwachte von einer kurzen leisen Erschütterung. Als ich in die Dunkelheit lauschte, war nichts weiter zu vernehmen. Da war mir klar, dass gerade irgendwo in China ein Sack Reis umgefallen war.

In einem so großen Land passierte das von Zeit zu Zeit. Ich kannte das schon. So blieb ich ruhig liegen – helfen konnte ich ja doch nicht – und wartete auf das, was nun gleich folgen musste. Richtig, da begann es schon. Der chinesische Mann fasste den Sack, stellte ihn wieder aufrecht und begann, mit einer kleinen Schüssel den verschütteten Reis zurückzuschaufeln. Und jetzt konnte ich auch hören, wie seine fünfjährige Tochter mit nackten Füßen hin und her lief, mit kleinen eifrigen Händen die verstreuten Reiskörner zusammenschob und wieder in den Sack schüttete. Der Mann hantierte mit seiner Schüssel so behutsam und leise, als wolle er darauf achten, uns hier auf der anderen Seite nicht aufzuwecken. Im Geist sah ich seine feinen Künstlerhände. Gewiss war er Blumenhändler von Beruf. Seine gelehrige Tochter freute sich, ihm helfen zu können.

In wenigen Momenten war alles erledigt, die Nacht breitete wieder ihre samtene Stille aus, und ich schlief wieder ein.

Chorprobe

Der Kirchenchor probt den Liebeslieder Walzer Op. 52 No. 9 von Johannes Brahms. Eine wiegende Bewegung in der Klavierbegleitung. Eine sanfte, einschmeichelnde Melodie im Walzertakt.

> *Am Donaustrande, da steht ein Haus,*
> *da schaut ein rosiges Mädchen aus.*

Die Tenöre und Bässe singen unkonzentriert, wahrscheinlich stellen sie sich gerade das rosige Mädchen vor. Sopran und Alt vermeiden, den Dirigenten anzuschauen.

> *Das Mädchen, es ist wohl gut gehegt,*
> *zehn eiserne Riegel sind vor die Türe gelegt.*

Die Männer sind wieder mehr bei der Sache, die Geschichte fängt an, ihnen einzuleuchten. Die Mütter im Sopran und Alt runzeln die Augenbrauen.

Angetrieben vom Klavier wechselt die Musik den Charakter, sie wird energisch und zupackend. Der Bass voran, die anderen Stimmen folgen einen Wimpernschlag später in der Imitation.

> *Zehn eiserne Riegel, das ist ein Spaß,*
> *die spreng ich, als wären sie nur von Glas.*

„Bitte etwas siegesgewisser, meine Herren!", ermuntert der Dirigent seine Bässe. Nach der dritten oder vierten Wiederholung haben sie verstanden, was von ihnen verlangt wird, und schlagen sich ganz achtbar, fast schon glaubwürdig.

Die Tenöre und Frauenstimmen tun es ihnen bereitwillig nach; ohne weitere Aufforderung oder Erläuterung seitens des Dirigenten treffen sie den Ausdruck der Musik.

Der zupackende Teil beginnt in E-Dur, steigert nach der Hälfte (… *Spaß, die spreng ich* …) seine harmonische Spannung über Fis-Dur nach H-Dur und fällt auf den letzten Worten (*als wären sie nur von Glas* …) jäh auf das parallele gis-Moll herab. Der Gestus der Musik ist noch zupackend, aber die abfallende Linie im Sopran und die deutliche Mollwendung signalisieren schon, dass irgendetwas in der Geschichte nicht nach Wunsch verlaufen ist.

Der Chor schweigt einen Moment. Das Klavier spielt leiser und weicher, noch in gis-Moll, aber mit dem Wellenmotiv des ersten Teils. Es folgt eine unmerkliche Rückung von gis-Moll nach H-Dur[7] – und der Chor setzt mit der Wiederholung des ersten Teils ein.

Am Donaustrande, da steht ein Haus,
da schaut ein rosiges Mädchen aus.

Mit der Wiederholung? Nein, nicht ganz. Der

Chorsatz ist angereichert mit einem neuen Motiv des Tenors, das wie ein wehmütiges Seufzen vorangeht.

„Aha", sagt der Bass, „klarer Fall. Der Mann hat die Wonnen der Liebe genossen. Jetzt will er erstmal nichts wie weg von diesem Ort. Die Wiederholung des Anfangs mit dem hinzugefügten Tenormotiv verweist auf seine Widersprüchlichkeit: Während er noch seinen moralischen Durchhänger hat, ist er bereits wieder auf dem Weg zu neuen Abenteuern."

„Der Schuft", entgegnet der Sopran, „er hat ihr das Herz gebrochen und lässt sie dann sitzen. Jetzt schaut sie ihm verzweifelt nach. Das gis-Moll zeigt es eindeutig."

„Quatsch", erwidert der Alt, „nie und nimmer ist der Mann zu dem Mädchen vorgedrungen. Die Musik weist eindeutig auf krasse männliche Selbstüberschätzung hin. Er hat sich in seinem Elan eine blutige Nase geholt, hat das Haus nie von innen gesehen und schaut es auch jetzt nur frustriert von außen an."

„Unsinn", weiß der Tenor zu bezeugen, „das ist schon der nächste Mann, der vor dem Haus steht. Schließlich wird dieser gesamte Teil beginnend mit den Worten *Zehn eiserne Riegel, das ist ein Spaß* … in der Musik noch einmal wiederholt. Es ist das ewige Spiel. Wer weiß, vielleicht ist das Haus ja ein Puff."

„Ein Puff mit zehn eisernen Riegeln, hat man so einen Blödsinn schon gehört!", spottet der Bass.

„Na ja", sagt der Alt, „diese Riegel wären wohl durch Entrichten eines kleinen Obolus leicht zu beseitigen. Aber der junge Mann hat just in dem Augenblick realisiert, dass er mittellos ist. Daher das gis-Moll."

„Bitte, meine Damen und Herren", versucht der Dirigent die Aufmerksamkeit seines Chores wiederzuerlangen, „wägen Sie all diese Fragen in Ihrem Geiste, während Sie das Lied singen. Dann wird Ihre Interpretation die angemessene Tiefe bekommen. Bitte noch einmal von vorn."

Das Klavier beginnt wieder mit der wiegenden Bewegung in der linken Hand.

„Ein Puff mit Riegeln", murmelt der Bass und schüttelt den Kopf.

Haben und Sein

Ich bekenne, einer Frau nahe zu sein und an ihrem Wesen teilzuhaben, das begehre ich Unzufriedener.

In welch ewiger Glückseligkeit müssen die Frauen allesamt sich befinden, da sie doch in ständigem, dichtestem Umgang mit dieser Kostbarkeit, sich selbst!, stehen, welche alle Männer sich ersehnen!

So wäre also mein Glück am reinsten, wenn ich mit der Frau, an deren Wesen ich teilzuhaben begehre, nicht nur mehr oder weniger innigen Umgang pflegte, sondern wenn ich in eigener Person diese Frau wäre. Denn auf keine andere Weise könnte ich dieser Köstlichkeit ohne Unterlass so nahe sein. Selig, o selig!

Indem ich allerdings diese Frau wäre – wann hat man je gehört, dass eine Frau zufrieden ist mit dem, was sie hat? –, würde ich sicherlich den Umgang mit eines Mannes köstlichem Wesen begehren. Und wiederum würde das reinste Glück sich erst ereignen, wenn ich den begehrten Mann nicht nur irgendwie in meiner Nähe hätte, sondern wenn ich er selbst wäre.

Aber, der bin ich ja. Beneidenswerter!

Die Fahrt

Zur vereinbarten Zeit kam das Taxi, und ich stieg ein.

„Dahin, wo es schön ist", sagte ich dem Fahrer, der mit einem feinen Lächeln antwortete und den Weg ins Stadtzentrum nahm.

Vor dem Vergnügungspalast verlangsamte er das Tempo und fragte: „Ist es hier?"

Ich musterte das glitzernde Gebäude und schüttelte den Kopf. Der Fahrer beschleunigte den Wagen wieder und fuhr weiter.

Ein wenig später erreichten wir ein Rotlichtviertel. Neonreklame in vielen Rottönen leuchtete an den Fassaden. „Ist es hier?", fragte der Fahrer erneut.

„Nein", erwiderte ich nach einigem Umherblicken, „hier wollte ich eigentlich auch nicht hin."

Der Fahrer setzte die Reise fort. Ein üppiger grüner Park war die nächste Station, an der der Fahrer verlangsamte und sich an mich wandte. Wohl lockten mich die alten großen Bäume, deren Laub in der Sonne leuchtete. Aber das sei es ebenfalls nicht, gab ich ihm zur Antwort und der Fahrer fädelte sich wieder in den Verkehr ein.

Wir fuhren belebte Schnellstraßen entlang, hielten an Ampeln, ordneten uns in Verkehrsspuren ein und steuerten schließlich auf den Dom zu. Wahrlich ein prachtvolles Bauwerk in düsterer Erhabenheit. Im Schatten seiner mächtigen Türme fröstelte ich sogar noch im Auto.

„Nein, hier ist es auf keinen Fall", sagte ich mit Entschiedenheit und bat den Fahrer, weiterzufahren.

„Ich befürchte, diese Fahrt wird etwas teurer, mein Herr", sagte der Fahrer freundlich. Aber ich wusste mich im Besitz einer gut gefüllten Brieftasche und winkte, er möge seine Fahrt fortsetzen.

Das alte Stadtzentrum war eine weithin gerühmte Sehenswürdigkeit. Der Fahrer fand eine Möglichkeit, am Rande des Zentrums seinen Wagen anzuhalten, und fragte mich, ob dies womöglich mein Ziel sei. Aber ich spürte, dass mich hier nichts anzog.

Rings um die Stadt lagen wunderschöne grüne Hügel und Berge im warmen Sonnenlicht. Der Fahrer nahm eine schöne Landstraße, die sich durch Felder schlängelte, schließlich in Serpentinen anstieg und zu einem idyllischen Waldschlösschen mitsamt Gaststätte führte.

„Gefällt es Ihnen hier, mein Herr?", erkundigte sich der Fahrer freundlich. Aber ich verneinte erneut.

„Es ist ja auch eine schöne Fahrt", gab ich halblaut von mir, während der Fahrer zurück in die Stadt fuhr. Dort fand er schnell den Weg zu einer berühmten Architektursiedlung. Jedoch weckte auch dieses Ziel kein Interesse in mir.

„Glauben Sie, Sie können mich noch weiter bezahlen?", fragte der Fahrer. Ich fühlte nach der Brieftasche, ihr Umfang beruhigte mich.

Auf diese Weise fuhr das Taxi mich noch zu der

örtlichen Markthalle im Jugendstil, zu einem Kino, zum Opernhaus, in eine belebte Fußgängerzone, an einem Rathaus vorbei, wo eben ein Hochzeitspaar aus der Türe kam und von der Hochzeitsgesellschaft empfangen wurde, und auch zum Friedhof. Wir fuhren durch belebte und einsame Straßen. Schon waren wir viele Stunden umhergefahren. Schließlich wandte ich mich an den Fahrer:

„Vielleicht werde ich in einer anderen Stadt fündig."

Der Fahrer wiegte kurz den Kopf und ordnete sich nach den Verkehrsschildern ein, die die Richtung zur nächsten Stadt wiesen. So erreichten wir nach einer Weile den Ortsausgang. Die Sonne war hinter dunklen Wolken verschwunden, der Tag neigte sich bereits.

Der Fahrer hielt seinen Wagen an.

„Ich möchte Sie bitten, jetzt zu bezahlen."

Ich zog die Brieftasche hervor und es fand sich, dass mein Geld mit dem Bezahlen fast gänzlich aufgebraucht war.

„Sie müssen jetzt aussteigen", sagte der Fahrer.

Das Taxi fuhr davon. Vor mir lag eine kahle Ebene. Ich stand am Stadtrand, vor dem letzten ärmlichen Häuschen mit einem bescheidenen Vorgarten und einem rostigen Zaun. Dort klingelte ich. Die Tür wurde mir geöffnet, ich durfte eintreten und war angekommen.

Tote Hose

Der Schreck schoss mir in die Glieder, als ich morgens im Bad die Hose vom Boden aufhob, derer ich mich abends entledigt hatte. Sie war tot. Ich schaute sie an, ließ ihren Stoff durch meine Hände gleiten, roch wohl auch an ihr. Tot war sie. Mausetot.

Wie betäubt ging ich zu meinem Kleiderschrank und griff in den Stapel säuberlich zusammengelegter Hosen. Ich zog eine hervor, die mir farblich passend erschien. Als ich sie aber prüfend entfaltete, sah ich, dass sie ebenfalls tot war. Mit zitternder Hast zog ich eine andere Hose hervor, eine weitere und schließlich den ganzen Stapel, der mit einem dumpfen Geräusch auf dem Boden landete. Oh, dieses durch die Seele schneidende Geräusch eines Stapels toter Hosen, die zu Boden stürzen. Denn tot waren sie alle, eine wie die andere.

Als Letztes kamen mir noch die Anzughosen auf den Kleiderbügeln in den Sinn. Mit einem Blick und Griff war klar, dass auch sie das gleiche Schicksal ereilt hatte. Alle Hosen waren tot.

Mit stumpfem Blick ging ich ins Bad zurück und zog die tote Hose von gestern an.

Zweimal Beethoven

Hammerklaviersonate gehört. Wahrhaft große Musik, unglaublich dichtes Gewebe, jedoch unerlöst. Bis auf sehr kleine Oasen ist da nicht viel Tröstendes. Im langsamen Satz so viel Einsamkeit. Der Schlusssatz: kein Sieg, kein Durchbruch, nur Ordnung durch härteste Arbeit und schier unglaublichen Krafteinsatz. Man ist wie erschlagen. Das kann doch nicht das letzte Wort gewesen sein und ist es ja auch nicht. In den drei noch folgenden Sonaten schrittweise Aufhellung und Überwindung bis hin zu dem tiefen Frieden der überirdischen Arietta.

Frühjahr vor zwei Jahren. Ich war auf dem Weg ins Krankenhaus, um eine alte sterbende Frau zu besuchen. Dass sie sterben werde, schien meinem Verstand noch keineswegs ausgemacht. Um mich her leuchtete der Frühling. Die Sonne wärmte mein Gesicht, Blumen füllten die Vorgärten. An der Bushaltestelle alberten und rangelten Teenager herrlich gedankenlos herum. Aber allein schon, dass ich dieses vitale blühende Leben so intensiv wahrnahm, hätte mir ein Wink sein können, dass etwas in mir bereits vom nahen Tod wusste.

Und die ganze Zeit, während ich auf dem Weg zu ihr war, erst dreißig Minuten mit der S-Bahn, dann zwanzig Minuten zu Fuß, erklang in mir das Rondo der Waldsteinsonate. Ich hatte es nicht gewählt, es kam wie von selbst. Dieser jubelnde Gesang, wie die

Neugeburt der Musik schlechthin, von einem verhaltenen Beginn sich immer weiter steigernd und erhöhend bis zum Rausch. Eine Musik zu einem Sieg, nicht zum Tod; zum Frühling, nicht zum Neonlicht der Krankenhausgänge. Unaufhörlich, den ganzen Weg entlang und auch noch am Krankenbett, eine Stunde lang und länger, sang es in mir. Ich konnte es nicht abstellen in meinem Kopf und ich konnte nicht genug davon bekommen.

Die alte Frau war meine Mutter und in der Frühe des folgenden Tages starb sie.

Und heute – erst heute! – geht mir die Ähnlichkeit und innere Verwandtschaft des Rondothemas mit dem Thema der Arietta auf. Wieso war mir das noch nie aufgefallen? Die gleiche Tonart, die gleiche Lage in einem Tonraum von der Unterquinte bis zur Oberquinte, die gleichen Intervalle, die einen Quartsextakkord umspielen. Das nämliche Schweben auf der Quinte, die das eine Mal bis zum Glühen aufgeheizt wird, das andere Mal in einem verklärten Licht leuchtet. Die gleiche scheinbare Schlichtheit und Sanglichkeit mit unendlicher Tiefenperspektive. Zwei Arten von Sieg und Erlösung, einmal nach außen, einmal nach innen gewendet. Zwei letzte Worte.

Letztes Jahr gab es im Radio einen Pianisten, der im Interview sagte, er habe anfangs die Waldsteinsonate nicht verstanden, aber heute könne er für sie sterben.

Gespensterdompteur

Auf meinem Spaziergang durchs Schloss komme ich an meinem Gespensterzimmer vorbei. Nun, warum nicht mal wieder meine gesammelten Gespenster besuchen? Die Tür schwingt nach innen, ich trete über die Schwelle und da hängt meine Sammlung, ein Exemplar neben dem anderen, fein säuberlich an die Wand genagelt.

Bei meinem Eintritt geht eine Bewegung durch die Gesellschaft, ein Raunen, das zu einem vielstimmigen Geheul anschwillt. Sie zappeln und winden sich; wenn sie könnten, würden sie sich wohl gemeinschaftlich auf mich stürzen. Aber sie können nicht loskommen. Ich habe sie einzeln erlegt und darauf bin ich stolz. Es sind meine Jagdtrophäen.

Wissen Sie, wie man Gespenster fängt? Und was noch schwieriger ist, nachhaltig bannt? Ich habe lange experimentiert, bis ich es heraushatte. Man packt sie im Flug, rafft mit der linken Hand die Taille zusammen, sodass man mit einer Hand das Gespenst in der Mitte gefasst hat. Hammer und Nagel liegen schon bereit. Die besten Erfahrungen habe ich mit alten, zehn Zentimeter langen Eisennägeln gemacht, die ihren Geruch an den Fingern hinterlassen. Die Nagelspitze muss mit einem Hammerschlag etwas abgestumpft werden und der Nagel wird mit frischem Knoblauch eingerieben. Alles Erfahrungswerte. Man hat also das zappelnde Gespenst in der Linken, nimmt mit der Rechten schnell den Nagel auf, greift ihn mit Daumen und Zeigefinger der linken Hand, mit rechts den Hammer und dann, zack, mit einem einzigen Schlag muss der Nagel tief genug – aber auch wieder nicht zu tief – in der Wand sitzen. Gespenster bestehen aus einem zähen, aber auch spröden Material. Mehr als ein einziger Hammerschlag auf den Nagel, und schon wird das Gespenst an dem Loch einreißen und entkommen.

Die Existenz der Gespenster ist mit der von Viren vergleichbar. Sie haben eine schwer fassbare Art von Leben. Ohne einen Wirt, in den sie eindringen, sind sie wenig mehr als Nichts, ein umgehendes Gerücht, eine Lüge, ein Gefühls- und Gedankenmüll. Sie ernähren sich von unseren abgespaltenen Emotionen, namentlich von Angst, Wut und Hass. Ich füttere sie stattdessen mit Zuckerstücken. Manche von ihnen werden schon fetter und zutraulicher. Auch ihre Stofflichkeit ändert sich allmählich und verliert an Transparenz.

Letztens ist mir mit einem von ihnen ein Missgeschick passiert. Es tat zuletzt immer so harmlos und zutraulich, dass ich Lust bekam, mit ihm Gassi zu gehen. Wir trafen unterwegs Menschen, die es bewunderten, und dadurch wurde es im Nu so stark, dass es sich losriss. Jetzt geistert es wieder durch die Welt; man liest täglich in der Zeitung davon.

Ich fürchte, mein Beruf wird noch einige Zukunft haben.

Ich erlag der Versuchung

Am heiligen Sonntag lag ich in leichtem Schlummer in meinem Bette, da träumte mir: Der Papst ließ in einem Sendschreiben an die Christenheit und an alle anderen Religionen verkünden, die Spaltung der Konfessionen wie auch der Religionen werde hiermit und ab sofort als gegenstandslos erachtet. Alle Christen, ja alle Menschen gleich welcher Religion seien ab sofort und ohne Vorbedingung zum Heiligen Abendmahl Jesu geladen.

Weiter verkündete das Schreiben, Frauen und Männer seien in der Kirche gleichberechtigt; auch den Frauen stehe das Priesteramt offen.

Desgleichen – so fuhr das Schreiben fort – sei die Sexualität ein heiliges Geschenk, ein Sakrament, welches allen Menschen von Gott gegeben sei. Deswegen sei der verantwortliche Gebrauch von Verhütungsmitteln zwischen Frau und Mann ohne Einschränkungen freigegeben und werde sogar empfohlen. Und auch den katholischen Priesterinnen und Priestern sei erlaubt zu heiraten, wenn sie es wünschten.

Und die Kirche stehe nun bedingungslos an der Seite der Armen und Ausgebeuteten, im weiteren Sinne auf der Seite des Menschen überhaupt gegen alle wirtschaftlichen, gesellschaftlichen und politischen Zwänge, Systeme und sogenannten Sachinteressen.

Und als sei dies noch nicht genug, träumte mir weiter, alle Theologen und Kirchenfunktionäre, die bisher eifrig die offiziellen Doktrinen nachgebetet und wissenschaftlich untermauert hatten, seien nun genauso beflissen damit beschäftigt, eben diese neue Lehre als den einzigen und wahren Willen Jesu aus der Heiligen Schrift herzuleiten und zu begründen ...

Dann erwachte ich aus dem Traum, sah auf die Uhr und erinnerte mich an die heutige Umstellung auf die Winterzeit. Da war mir alles klar. Ich war der Versuchung des Teufels erlegen und hatte die uns anvertraute Stunde, statt sie in andachtsvollem Gebet zu verbringen, dazu missbraucht, müßige und sündhafte Träume zu träumen und an der Göttlichkeit der bestehenden Ordnung zu zweifeln.

Ich wage nicht, zur Beichte zu gehen. Ob mir für diese sündigen Gedanken Absolution erteilt werden kann?

Die Sterne

oder: Ein trapezförmiges Liebesgedicht

Auf einmal war er da.
Schon war er ihr ganz nah.
Und wenig gescheit
badet sie in Seligkeit.

Bald macht er sich wieder rar.
Ach, das ist so nicht ganz wahr.
Fort war er gleich ganz und gar.
Traurig macht sich breit
erneute Einsamkeit.

Nur die Sterne haben's gleich gesehen,
dass ihnen dieses würd geschehen.
Die Sterne hielten aber ihren Mund.
Und das taten sie mit gutem Grund.
Die Sterne wurden nämlich nicht gefragt.
Darum haben sie's auch nicht gesagt.

Zwar haben die Sterne geschmollt,
dass niemand von ihnen was wissen wollt.
Aber so konnten die beiden sich lieben,
auch wenn die Liebe nur kurz geblieben.

Doch die Seelen hörten in den Nächten bang
der ewigen Sterne klugscheißerischen Gesang:
In den Sternen stand es schon lange geschrieben.

Ich ließ die Maske fallen

Die Maske ging zu Boden. Im Fallen schlitzte sie mir ein Hosenbein auf, zertrümmerte mir die Kniescheibe, zerquetschte meine große Zehe und durchschlug den Fußboden meiner Wohnung.

Aus der darunter liegenden Wohnung hörte ich es splittern und klirren, gefolgt von einem heftigen Schlag, der anzeigte, dass die Maske auch durch die Decke zum Keller durchgebrochen war.

Durch das Loch in meinem Fußboden drang ein peinliches Knirschen und Krachen, als die Maske die Heizungsanlage und den Öltank des Hauses traf.

Die Explosion trieb die Hauswände auseinander, ließ die Fenster nach außen splittern und fegte mich durch die nunmehr leere Fensteröffnung ins Freie.

Die Mausefalle

Die Grundplatte misst 10 cm x 4,8 cm und ist 0,7 cm stark.

Legen wir das Brettchen mit der vorderen Schmalseite zu uns hin – diese Perspektive wird auch für die Maus von entscheidender Bedeutung sein – so stellt die vordere Hälfte in etwa den Unterkiefer eines Gebisses dar. Der Oberkiefer wird von einem quadratischen Bügel aus Stahldraht gebildet, der, an seiner Hinterseite scharnierartig auf der Mittellinie des Brettes befestigt, sich von der vorderen Hälfte auf die hintere ganz zurückklappen lässt, aber von einer starken Torsionsfeder mit großer Kraft wieder nach vorne auf den Unterkiefer gedrückt wird. Mit einem trockenen Knall schlägt der Bügel auf das Holz – wenn die Falle leer zuschnappt. Anderenfalls gibt es ein gedämpftes, gewissermaßen feuchtes Knacken, sobald der Bügel durch das Fell hindurch die Schädelknochen der Maus zerschlägt; bisweilen ist auch ein Quietschen zu vernehmen.

Die Schraubenfeder ist um die Scharnierachse des Bügels gelegt. Ihr eines Ende, zu einem sinnvollen Lager gebogen, drückt den Bügel nach vorn, das andere Ende findet am Holz der Grundplatte das nötige Widerlager. Wie groß in gespanntem Zustand ihre Kraft ist, wird daraus ersichtlich, dass bei einer Hebellänge von 4,2 cm der Bügel noch mit einer Kraft von etwa 600 p herumgedrückt wird. Zum Spannen der Falle wird der Fangbügel nach hinten gedrückt und dort arretiert. Wird der Mechanismus der gespannten Falle ausgelöst, schnellt der Fangbügel um ziemlich genau 180° herum. Ist die Falle mit einer Maus bestückt, müssen je nach deren Größe noch einmal 10 bis 15° Grad von dem durchstrichenen Winkel abgezogen werden, denn wenn der Bügel auch tief in den Schädel der Maus eindringt, so durchschneidet er ihn doch nicht. Das wäre auch zu viel des Blutvergießens. So verliert die Maus nur wenige Tropfen Blut aus Nase und Ohren.

Wird der gespannte Fangbügel freigegeben, so schnappt er mit einer Schnelligkeit zu, die für das Auge nicht mehr zu verfolgen ist. Das Geräusch des Zuschnappens – ohne Maus – ähnelt dem eines Kameraverschlusses bei 1/500 s Verschlusszeit. Wenn wir unserer Berechnung zwanglos diese genannte Zeitdauer zugrunde legen und wenn wir den in dieser Zeit zurückgelegten Weg nach der Formel $1/2 \, U = \pi \times r = 3{,}14 \times 4{,}2 \, cm = 13{,}19 \, cm$ errechnen, so beträgt die Geschwindigkeit des Bügels $13{,}19 \times 500 \, cm/s = 65{,}95 \, m/s$. Bemerkenswert! Die Maus jedenfalls wird von dem Erscheinen des Bügels dermaßen überrascht, dass sie nicht einmal Zeit findet, ihre Augen zu friedlicher Ruhe zu schließen.

Die Feder und auch der Bügel sind aus gutem und ermüdungsfreiem Stahldraht hergestellt. Gegen mögliche Zersetzungserscheinungen durch Feuchtigkeit (Schweiß oder Blut der Maus sowie die allgemeine

Luftfeuchtigkeit) ist der Stahl verkupfert, das ist wohl die preiswerteste Lösung. Natürlich ist eine Mausefalle im ganzen ohne Aufwand und materialsparend gefertigt: Das Holz ist grob ausgestanzt, schlecht geglättet, die Oberfläche naturbelassen, was im vorderen Bereich der Falle eine zu weitgehende Einsparung ist: hinterlassen doch die Maus und das Fett des Köders unschöne Flecken auf dem Holz!

Das Scharnierlager wird von zwei einfachen Drahtkrampen gebildet, die rechts und links ins Holz gedrückt sind. Die ganze Machart wirkt lieblos, insbesondere natürlich gegenüber der Maus; aber auch gegenüber dem Betreiber der Falle, der sich beim Aufstellen womöglich einen Splitter einzieht.

Ausgesprochen sinnreich arbeitet der Mechanismus, der den gespannten Bügel verriegelt. Zunächst ist aus dem sogenannten Unterkiefer von vorne ein Rechteck ausgesägt, das 2 cm breit ist und 4 cm tief in die Grundplatte hineinragt. Dieses Rechteck ist dann in eben der Aussparung, die durch das Aussägen entstand, wieder befestigt worden, jedoch nur an seinem hinteren Ende und mit einem Scharniergelenk, sodass es sich, einer Zunge vergleichbar, auf- und niederklappen lässt. Den Riegel bildet ein Stahldraht, der von hinten nach vorn quer über den gespannten Bügel hinweggeht und ihn niedergedrückt hält. Dieser Riegel ist an seinem hinteren Ende an einer Drahtkrampe beweglich befestigt. Das vordere Ende steckt unter einer zweiten Krampe, die hinten auf der Zunge platziert ist. Die Länge des Bügels ist mit 6,5 cm nur unwesentlich länger als der Abstand der beiden Krampenscheitelpunkte bei hochgestellter Zunge, der 6,4 cm beträgt. Wird nun die Zunge aus ihrer Schrägstellung heruntergeklappt, verlängert sich der Abstand der beiden Krampen. Die vordere Krampe gleitet vom vorderen Ende des Riegels herab, der Fangbügel, der mit großer Kraft von unten gegen den Riegel drückt, schleudert ihn beiseite und schnappt zu.

Ein Anschlag unter der Zunge verhindert, dass sie sich unter das Niveau des Grundbrettes herabdrücken lässt und so dem Druck des Bügels ausweicht. Sonst wird die Maus womöglich gar nicht richtig totgequetscht.

Die hochgestellte Zunge der gespannten Falle herabzudrücken, braucht es nur geringe Kraft, denn zum einen wirkt schon die Schwerkraft in die gleiche Richtung, und es ist überhaupt nur die Reibung zwischen der vorderen Krampe und dem nach oben drängenden Riegel, die die Zunge in ihrer Stellung hält, und zum anderen ist das Ende des Riegels noch zusätzlich so gebogen, dass die Krampe leicht abrutschen kann. Es genügt ein senkrechter Druck von 5 bis 7 g auf die Zunge.

Der Köder wird an einem kleinen Nagel auf der Zunge befestigt. Dem Geschmack der Maus entgegenkommend, immerhin ist es ihr letztes Mahl!, bieten sich angebratener Speck oder Käse an. Aber der Leckerbissen bleibt ihr doch im Halse stecken! Denn alle

Teile dieses ausgeklügelten Mechanismus spielen akkurat zusammen, um die Maus säuberlich von dem Zipfelchen Leben zu trennen, das sie doch in Gestalt des Köders gerade fester packen wollte.

Auf der hinteren Hälfte und von hinten zu lesen – dies ist auch die Perspektive des Fallenstellers – ist das Emblem des Herstellers aufgedruckt, damit der Käufer sich bei Bedarf seiner entsinne und wieder zur bewährten Marke greife, 5 Euro und 99 Cent im Fünferpack.

Der Handmixer

Mit großem Vergnügen möchte ich davon berichten, dass ich mir vor einiger Zeit einen Handmixer, auch bekannt unter der Bezeichnung Zauberstab, gekauft habe. Dieses wunderbare Gerät verändert seither meine Küche und meinen kompletten Alltag. Es verfügt über zwei Geschwindigkeiten, über 230 V und noch viel mehr W. Ich habe das Gerät aber nicht aufgeschraubt, um seinen Inhalt zu überprüfen. Ich vertraue in dieser Hinsicht dem Hersteller vollkommen. Und wenn ich auf den Knopf drücke, höre ich sie schließlich auch: „Wwwwwwwww, wwwwwwwww, wwwww, wwwwwww, wwwwwww, wwwwww."

Aber das wollte ich eigentlich gar nicht sagen. Ich wollte berichten, mit welch großem Vergnügen ich für meinen Mixer täglich neue Anwendungsfelder suche und erschleß ie ujnidzd nwinFeue ulmrcche eiisdnhenen ngreoe dqstu n.ße b!cuF rleuAldvenerehdh uer so isäi t, n, mni iwirnerted drl ed nc msau GenhFeer äe t zb tertu amhähieim ahnstti gerheen , c

Nachtrag

Neulich meinten Sie, manchmal schlafe man so tief, dass man seinen Wecker einfach nicht höre. Da möchte ich Ihnen gerne eine Beobachtung schildern, aus der Sie möglicherweise auch andere Schlüsse ziehen können.

Als ich meine erste Arbeitsstelle antrat, musste ich täglich um halb fünf Uhr aufstehen. Dieses frühe Aufstehen war ich nicht gewohnt, und an den ersten beiden Tagen verschlief ich. Wie Sie sagen würden: Ich hörte das Weckerläuten nicht, obwohl der Wecker unzweifelhaft funktioniert hatte. Ich spreche übrigens von der Zeit, als die Wecker noch jeden Abend von Hand aufgezogen wurden. Mein Chef sagte nichts, aber als ich mich das zweite Mal entschuldigen musste, zogen sich seine Augenbrauen in einer solchen Weise zusammen, dass mir klar war, ein drittes Mal dürfe mir das nicht passieren.

Mir war auch schon eine Lösungsidee gekommen. Am nächsten Abend holte ich meinen Notenständer hervor, so einen aus angerostetem Metall, den man entfaltet, auseinanderzieht und in der gewünschten Höhe feststellt. Seine Spitze war zu einer stilisierten Lyra geformt. Vielleicht kennen Sie diese Art noch. Ich befestigte an der Lyra einen Faden und knotete das andere Ende an dem Aufziehring der Klingel fest. Den Wecker befestigte ich rutschsicher auf dem Nachttisch und den Notenständer balancierte ich auf zwei seiner drei Beine haarscharf an der Grenze zum Kippen. Beim Weckerläuten sollte der Faden sich an der Drehachse des Aufziehrings aufwickeln und den Notenständer zum Umfallen bringen.

Ich testete meine Konstruktion am Abend mehrfach, bis ich ihr genügend vertraute. Und sie funktionierte zuverlässig. Pünktlich zur gewünschten Zeit warf mich das Krachen des umgestürzten Notenständers aus dem Bett. Insgesamt zweimal musste meine Erfindung zum Einsatz kommen. Am dritten Morgen hatte ich dann gelernt, dass nach wenigen Sekunden des Weckerläutens ein sehr unangenehmer Knall folgen werde, und von da an zog ich es vor, beim ersten Mucks des Weckers schleunigst aufzuwachen, um noch schnell den Notenständer aufzufangen. Ja, man hat die Wahl, ob man aufwachen will oder nicht, das habe ich damals gelernt.

Nun werden Sie vielleicht wissen wollen, ob ich schon beim ersten Mal vor dem Umfallen des Notenständers das Läuten des Weckers gehört habe. Nun, darauf will ich ja gerade hinaus. Allerdings habe ich es gehört. Durch den Knall aufgeschreckt, erinnerte ich mich genau an das Geräusch des Klingelns und – schon im selben Moment tief verwundert – an das damit einhergehende Gefühl seiner vollkommenen Bedeutungslosigkeit.

Schneeland

Über alle menschlichen Grenzen hinweg gibt es im Inneren des Landes ein Gebiet, in dem fast ausschließlich weiße Blumen wachsen. Die Bewohner nennen es deshalb in ihrer Sprache Schneeland.

Es werden wohl keine besonderen Blumen sein, denn jedermann kennt diese Gegend, aber noch nie hat sich ein Botaniker oder Geograph darüber geäußert.

Dennoch: Dort möchte ich hin.

Wie ich zum Nichtschreiben kam und was ich danach tat

Das war nämlich so. Eines Frühlings kam die Sprache zu mir, sie brach gewaltsam durch die Tür, sie drückte gleich die ganze Wand ein, dass die Backsteine mir vor die Füße und gegen das Schienbein knallten, sie fiel mir um den Hals, küsste oder biss mich, dass mir der Atem wegblieb, oder vielleicht würgte sie mich auch, bis es mir glutrot vor den Augen umhersprang. Sie schrie, lachte, jubelte und jodelte in einem. Sie tanzte um mich herum, riss Papier aus meinem Abfalleimer, quetschte mir einen Stift zwischen die Finger und schrie mit gellend unhörbarer Stimme: „Schreib auf!" Das Papier war passenderweise eine Seite aus dem Lied *All Bells in Paradise* von John Rutter und ich gehorchte und schrieb, was mir die Stimme hart diktierte. Ich schrieb wie im Rausch, so lange, wie eine Mahlersinfonie dauert. Sie ließ mich ausgelutscht, mit zitternd verkrampfter Hand und mit sechzig eng beschriebenen Seiten zurück.

So ging das etliche Jahre hindurch. In Abständen, wann immer es ihr passte, brach die Sprache über mich herein, zwang mich, alles fallenzulassen, was ich etwa gerade in den Händen halten mochte und zwang mich an den nächstbesten Stift.

Und eines schönen Frühlings blieb die Sprache aus, einfach so, ohne Vorwarnung, ohne Abschied. Seitdem lebe ich in vollkommener Stille. Die Bäume rauschen im Sommerwind und im Herbststurm. Vögel zwitschern, Autos dröhnen, Glocken tönen. Ich höre alles, aber es sagt mir nichts, es spricht nicht zu mir und ich habe ihm nichts zu sagen.

Ich biete jetzt Schweigewochenenden an. Viele Menschen nehmen daran teil und zum Abschied drücken sie mir die Hand und sagen: „Mit Ihnen kann man so beredt, so ausdrucksvoll schweigen. Ich fühle mich so gereinigt, als ob ich alles gesagt hätte, was mir auf dem Herzen lag."

Und ich nicke nur schweigend, denn es gibt nichts mehr zu sagen.

Bilanz

Meine Lebenszeit in Wochen

☒☒☒☒☒☒☒☒☒ ☒☒☒☒☒☒☒☒☒ ☒☒☒☒☒
☒☒☒☒☒☒☒☒☒ ☒☒☒☒☒☒☒☒☒ ☒☒☒☒☒

☒☒☒☒☒☒☒☒☒ ☒☒☒☒☒☒☒☒☒ ☒☒☒☒☒
☒☒☒☒☒☒☒☒☒ ☒☒☒☒☒☒☒☒☒ ☒☒☒☒☒

☒☒☒☒☒☒☒☒☒ ☒☒☒☒☒☒☒☒☒ ☒☒☒☒☒
☒☒☒☒☒☒☒☒☒ ☒☒☒☒☒☒☒☒☒ ☒☒☒☒☒

☒☒☒☒☒☒☒☒☒ ☒☒☒☒☒☒☒☒☒ ☒☒☒☒☒
☒☒☒☒☒☒☒☒☒ ☒☒☒☒☒☒☒☒☒ ☒☒☒☒☒

☒☒☒☒☒☒☒☒☒ ☒☒☒☒☒☒☒☒☒ ☒☒☒☒☒
☒☒☒☒☒☒☒☒☒ ☒☒☒☒☒☒☒☒☒ ☒☒☒☒☒

☒☒☒☒☒☒☒☒☒ ☒☒☒☒☒☒☒☒☒ ☒☒☒☒☒
☒☒☒☒☒☒☒☒☒ ☒☒☒☒☒☒☒☒☒ ☒☒☒☒☒

☒☒☒☒☒☒☒☒☒ ☒☒☒☒☒☒☒☒☒ ☒☒☒☒☒
☒☒☒☒☒☒☒☒☒ ☒☒☒☒☒☒☒☒☒ ☒☒☒☒☒

☒☒☒☒☒☒☒☒☒ ☒☒☒☒☒☒☒☒☒ ☒☒☒☒☒
☒☒☒☒☒☒☒☒☒ ☒☒☒☒☒☒☒☒☒ ☒☒☒☒☒

☒☒☒☒☒☒☒☒☒ ☒☒☒☒☒☒☒☒☒ ☒☒☒☒☒
☒☒☒☒☒☒☒☒☒ ☒☒☒☒☒☒☒☒☒ ☒☒☒☒☒

☒☒☒☒☒☒☒☒☒ ☒☒☒☒☒☒☒☒☒ ☒☒☒☒☒
☒☒☒☒☒☒☒☒☒ ☒☒☒☒☒☒☒☒☒ ☒☒☒☒☒

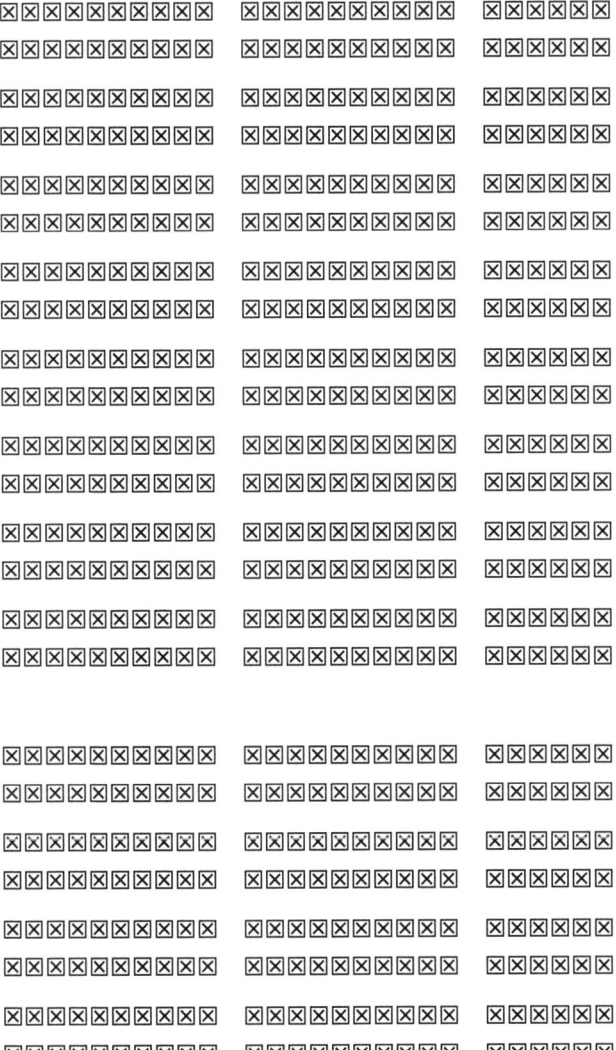

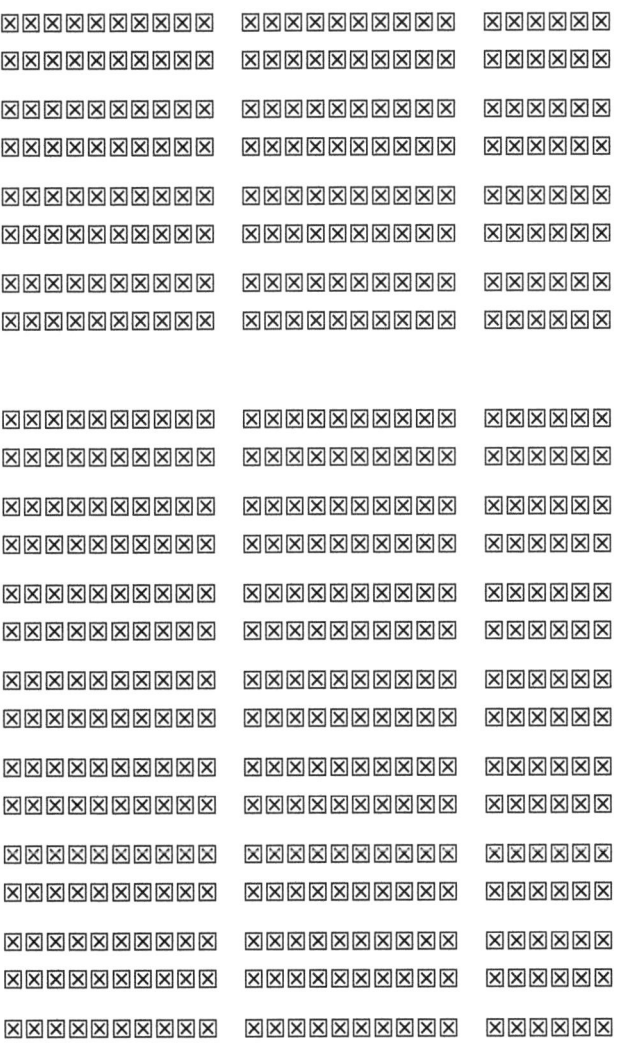

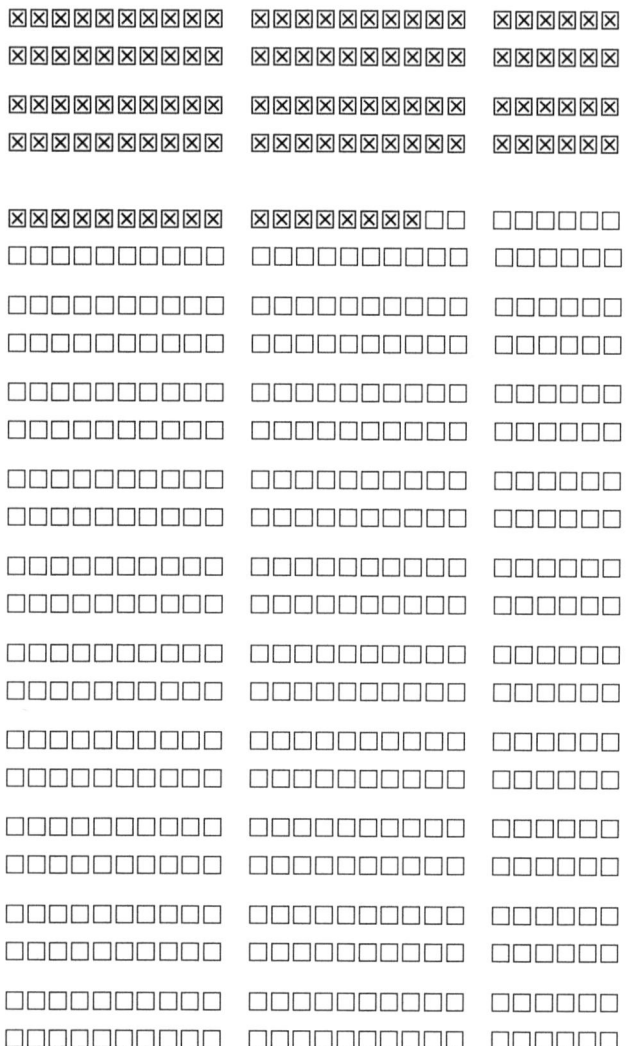

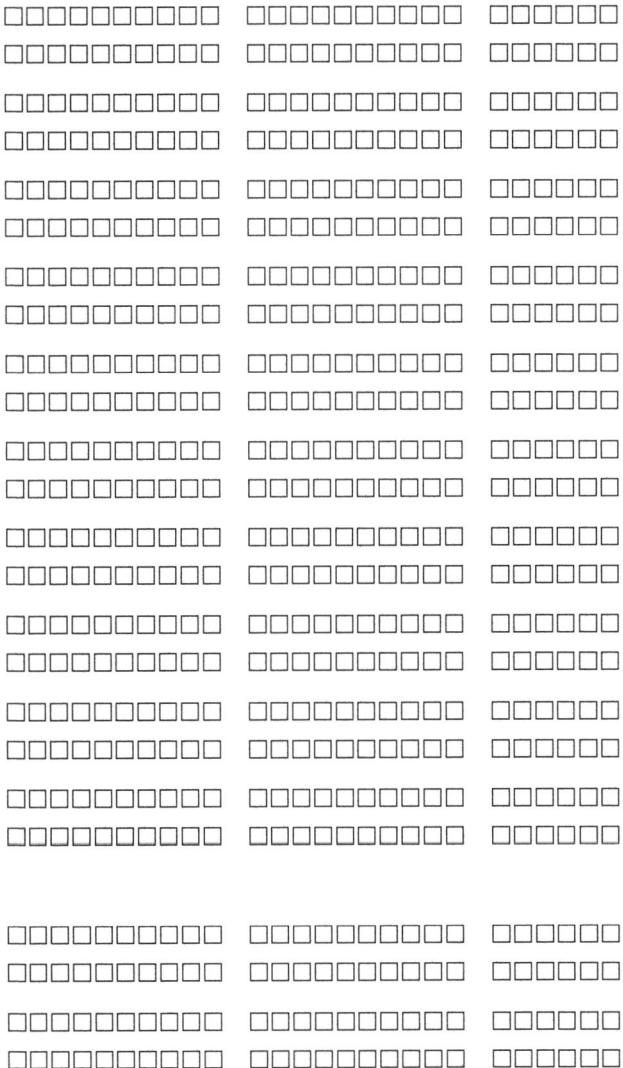